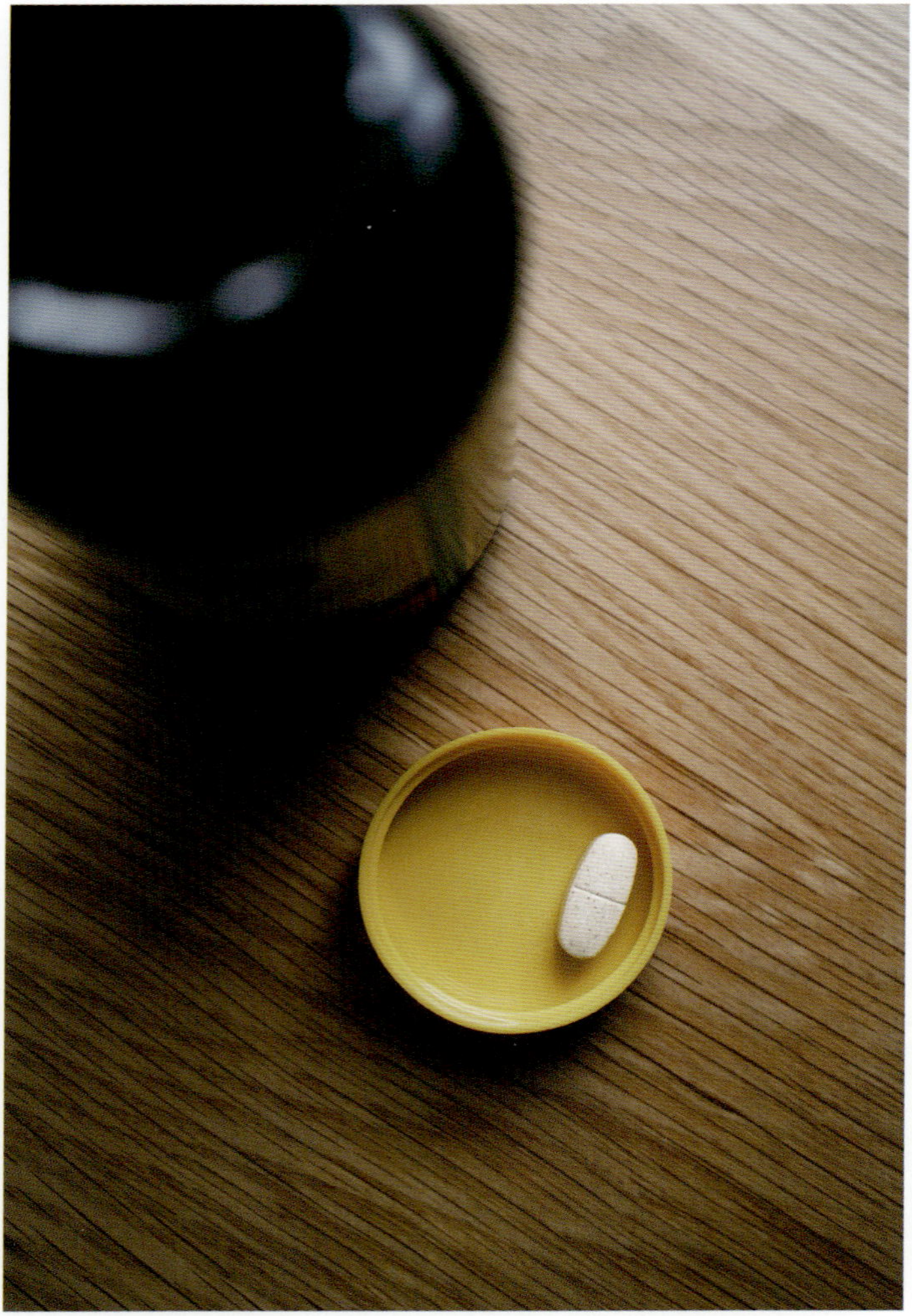

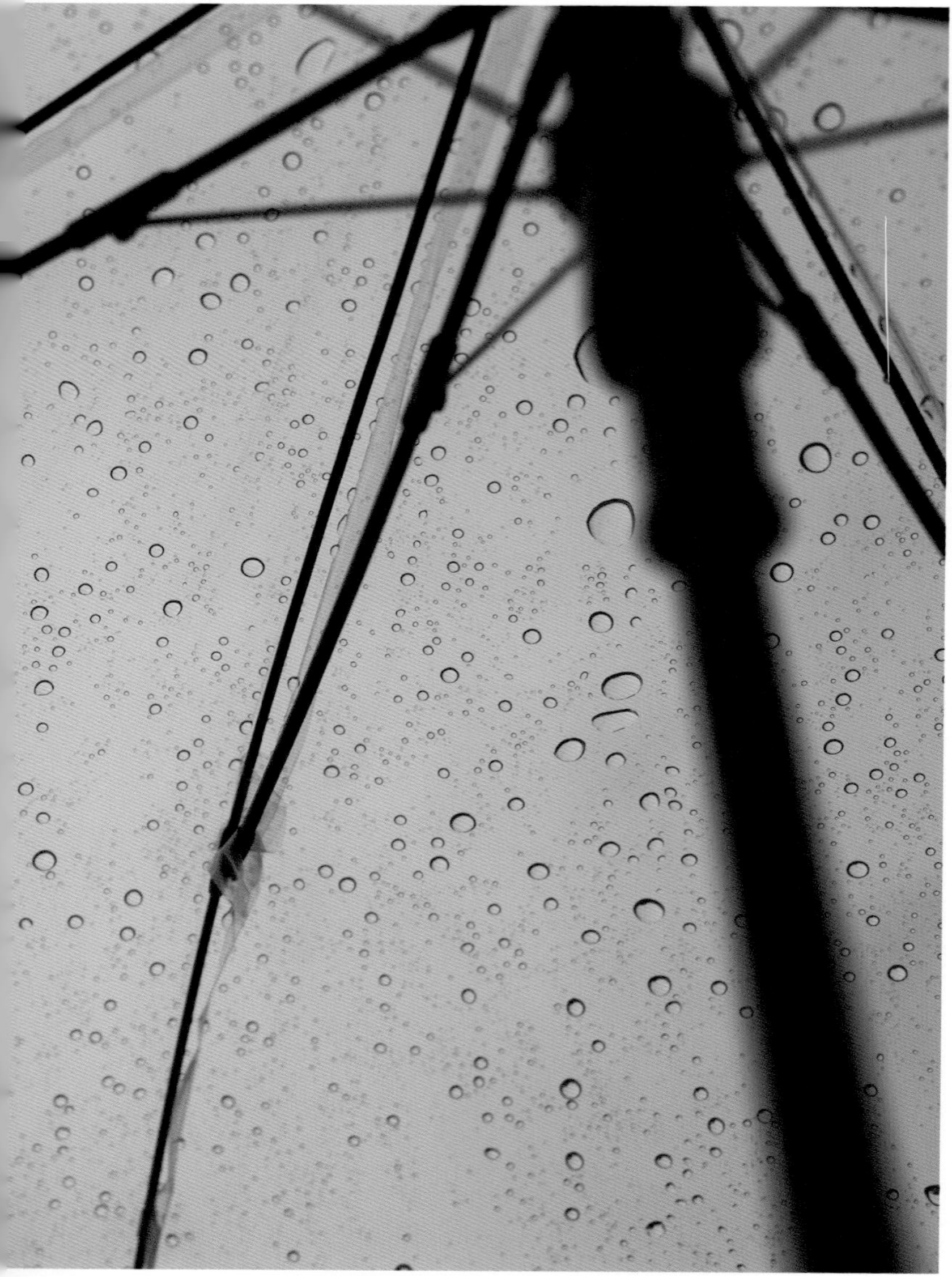

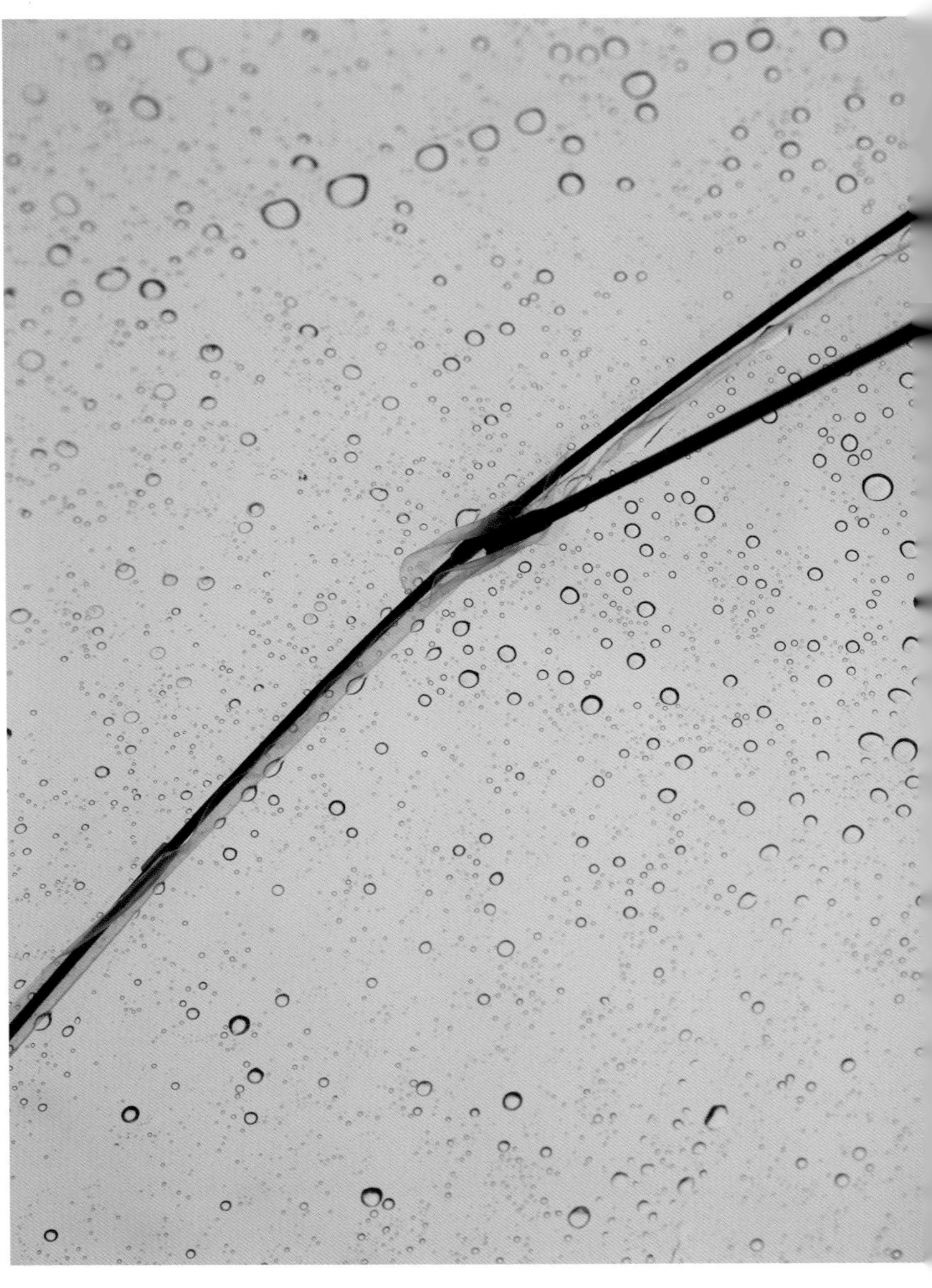

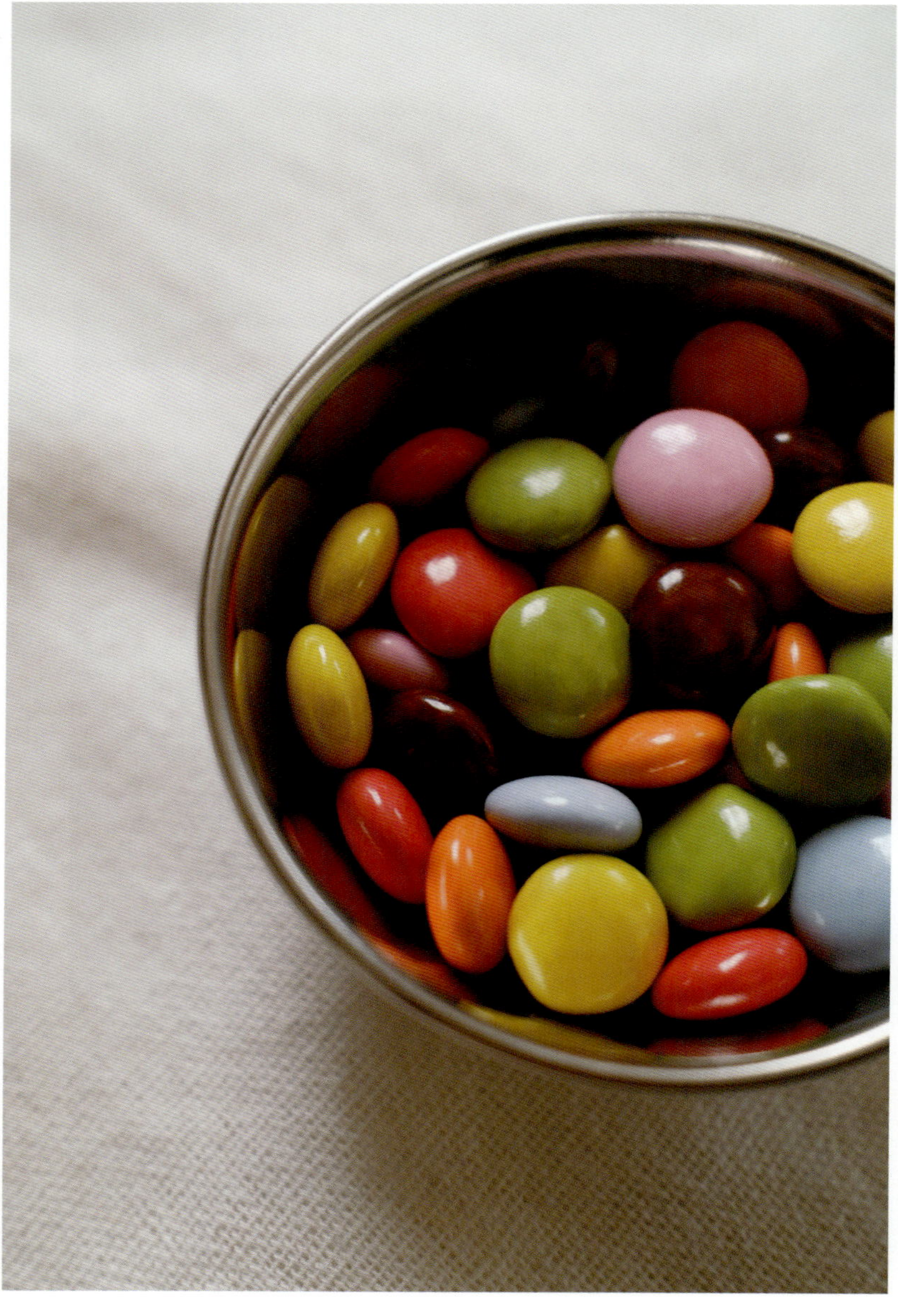

エモい言葉の日常

蒼井ブルー

フォレスト出版

はじめに

こんにちは、蒼井ブルーと申します。大阪出身の文筆家・写真家です。名前が性別不明なため女性と間違われることがありますが男性です。本と写真が好きです。おいしいごはんが好きです。好きな人たちと過ごす時間がなにより好きです。

数カ月前、のちに本書の担当となる編集者さんから出版の打診がありました。早速企画書に目を通すと、そこには「エモい文章術」「エモい文章の書き方」「エモいを定義する」といったワードが並べられていました。新しい執筆がはじまるかもしれないとわくわくしていたぼくは膝から崩れ落ち、その衝撃で床を突き抜け、気がつくとブラジルに出ていました（出ていません）。愕然としました。編集者ともあろう者が、よりによって「エモい」を体系化しようとしていたなどとは。

まだぴんときていない人もいるかもしれませんので、ここではっきり断っておきます。「エモい」を体系化すること、正しく解説して指南することなどは、どのような偉人・賢人にも不可能です。もしも可能だという人間がいるなら、失礼ながらそれは痛い人——痛人（いたんちゅ）でしょう。「エモい」を甘く見るにもほどがあります。

なぜ体系化や解説、指南が不可能なのかというと、「エモい」は指紋や虹彩のように人によってまったく違う形や色をしているからです。それゆえ「エモい」には再現性がありません。だれかやなにかをまねたとしても、同じ「エモい」を起こすことはできないのです。

河川敷で精根尽きるまで殴りあい、マブダチになったぼくと編集者さんは（殴りあっていません）、そこからあらためて本書のあり方を模索しました。そしてたどり着いたのが、「エモい」のトリガーになることでした。

違う形や色をしながらも、人はだれもが胸に「エモい」を持っています。持たないという人は単にまだ気がついていないだけか、思い出せないでいるだけでしょう。ぼくの胸の「エモい」がみなさんのそれをくすぐり、呼び覚ますことができたら。『エモい言葉の日常』、ぜひ最後までおつきあいください。

エモい言葉の日常／目次

装丁・本文デザイン／bookwall
巻末デザイン／二神さやか
校正／大江多加代
DTP／株式会社キャップス

Chapter 1

恋をするということ

——チョコはもらった瞬間がいちばん甘い。

ごはん屋さんで隣のカップルが言い争いになり、彼女がひとりで帰ってしまった。しばらくのあいだ呆然としたあと彼氏も帰ろうとしたのだけれど、そこに食事が運ばれてきた。ふたり分。さっきよりも長く呆然としたあと彼氏は電話をかけ、「ごはん来たよ」と言った。ぼくは店を出たためそのあとのことはわからない。けれどあそこはおいしい店なので、一緒に食べてさえいれば仲直りをすることも難しくはないと思う。だれかをごはんに誘いたくなった。

人生ではじめて彼女とけんかしたとき、この世の終わりかというくらいの勢いで悲観的になりました。けんかの理由はよく覚えていません。けれど浮気のような重大なことではなく、きっとささいなことだったはずです。

「終わった」「別れるかもしれない」などとその日のうちに友人たちへ連絡しました。当時のぼくには悪いですが笑ってしまいます。少しけんかしたくらいでなにを言い出すのかと。彼女と話しあうこともせずになにが「別れるかもしれない」だと。

しかしいまこう言えるのは、彼女と仲直りしたことがあるからです。仲直りして前よりも好きになったことがあるからです。前よりも好きになって絆を強くしたことがあるからです。絆を強くして「またなにかあっても乗り越えていこうね」と約束したことがあるからです。

まだ好きならきっと大丈夫です。思いあっているのならきっと大丈夫です。

だれかのことを思い出させるものは、いいものだ。
空も季節も匂いも歌も、全部、いいものだ。

人は恋をすると性格が変わります。たいていは以前より明るくなったり、寛容になったり、行動的になったりします。だからよく知っている人が恋をしはじめると周囲はすぐに気がつきます。

「最近なんかいいことあった？」と訊《き》くと「わかる？」などと返ってきます。かわいい。「なんでそう思った？」は少しうざい。幸せそうなので許しますが。

いいものに触れると好きな人のことが思い出されます。この現象も恋をしているときならではのものでしょう。たとえば澄み渡る青い空や、燃えるような赤い空に遭遇したとき、「きみにも見せてあげたい」などと思う。そしてだんだん声が聞きたくなって、顔が見たくなって、気がつくと「会いたい」などと送信しているのです。

空や季節や匂いや歌や。この世界にだれかのことを思い出させるものがもっとあればいいのに。そして好きな人がもっと、ぼくのことを思い出せばいい。

「また会える？」の返事は「いつにする？」がいい。

経験でいくと「また会える？」の返事でもっともよかったのは「いつにする？」です。これほどかわいい返事をぼくはまだ聞いたことがありません。

そもそも「また会える？」は告白のひとつなのだと知っておいてください。「好きです」や「つきあってください」が最後の告白だとするなら、最初かふたつ目くらいの告白。だからただの言葉じゃない。勇気を振り絞ってようやく切り出せるのです。

あるとき、ひそかに思いを寄せていた人と遊んだ帰り道のこと。楽しくてたまらなかったぼくは心を決めて彼女に切り出すことにしました。この緊張がどうか伝わりませんようにと願う。できるだけ自然に、しかし笑顔は無理にでもつくって。

「また会える？」

先に言われてしまって動揺したぼくは、咄嗟《とっさ》に「いつにする？」と返事をしました。

「やった」と彼女が笑顔を弾けさせます。あらためてこの人のことが好きだと思いました。その場で最後の告白をしそうになるくらいに。

見送った五秒後にもう会いたい。

つきあってしばらく経つと、見送る際に相手がどのタイミングでこちらを振り返るのかがわかってきます。つきあう前は振り返らなかった人でも、つきあってからは必ず振り返るようになるのが面白い。見送られる側にとって振り返るという行為は愛情表現のひとつなのかもしれませんね。

「ありがとう」や「またね」や「気をつけて」のような言葉を交わしたあと、きみは背を向けて歩き出します。改札を抜けて数歩行くとこちらを振り返るから、一目で見つけられるよう、ぼくはその少し前から手を挙げておきます。ここだよ、まだここできみを見ているよ、と。

きみが笑顔で手を振ります。「みなさん聞いてください。あれがぼくの好きな人です。かわいい人でしょう」と言って回りたくなる。その姿が完全に人ごみへと飲み込まれたあと、ぼくは手を下ろします。すぐにはその場を離れられません。見送った五秒後にもう会いたい。

返信がないくらいで死んだりはしないけれど、来ると生き返るのでもうそういうことです。

いいなと思っていた人をはじめてごはんに誘ったら「ほかにもだれか来る?」と返信が。彼女と会うときは共通の知人たちが一緒で、ふたりでは一度もありませんでした。

もっと距離を縮めて恋愛関係になりたかったぼくは「今回はふたりでどう?」と送信しました。すぐに既読に。しかしその日、それ以降の返信はありませんでした。

次の日も、その次の日も返信はなし。脈がないのなら仕方がありません。あきらめて新しい出会いに目を向けるだけです。しかし一度くらいはふたりで会ってみたかったと未練が残りました。

こうなると顔を合わせるのが気まずくなって、知人たちと一緒でももう会ってはもらえないでしょう。人は簡単にもう二度と会えなくなる。胸が寂しさで押しつぶされて、いまにも窒息しそうでした。

だから返信が来たときは、まるで生き返ったような気持ちになりました。「うれしい」「ありがとう」「よかった」と立て続けに送信しました。胸にわくわく感が充満して、いまにも宙に浮きそうでした。

誤字まで愛しいので、きっともう愛です。

業務連絡で参加したグループメッセージ上でたびたび誤字を投稿している女性がいました。面識のない人。あるときは朝イチで突然団子について語りはじめ、「すみません、団子↓段階」と訂正していました。ぼくは笑って眠気が飛んだ。

女性（以後、団子さん）は複数人と並行してやりとりしていて投稿数が多く、そのためか誤字も多かった。誤字というものはたいてい前後の文脈から本来の意味を理解できますが、団子さんのそれは独特。訂正されるたびに思わずにやにやしたり、あとからじわじわきたりするようなかわいらしさがありました。

団子さんの存在はぼくのなかで日に日に大きくなっていきました。彼女の投稿を待っている自分がいた。だからはじめて会えたときはうれしくて、誤字のファンだと伝えました。「すみません、忘れてください」と恥ずかしそうにする団子さんはとてもすてきで、すぐに彼女自身のファンにもなりました。

誤字は恋愛関係になってからも続きました。「大好き」を「第一」と誤字してきたときは大いに笑って、そのあとじんわり泣けました。あながち間違いでもなくて。

「寝た？」は寝たかどうかが訊きたいんじゃない。

あるときつきあっていた人はガードの堅い人でした。二、三カ月経ってもキス以上のことをしようとすると怒られていました。理由を訊いても教えてくれず困惑していました。彼女のことがだんだんわからなくなり、会うことも面倒に思えるようになっていきました。好かれているという気がしなかったのです。

そんなある日、彼女がうちに泊まったときのことです。暗がりのベッドで背中越しに「寝た？」と話しかけてきた。まとめると「わたしは本当は胸が小さい。これはパッド」「でも体重は過去イチ重くてダイエット中」「きらいになった？」という話でした。彼女に対してはじめて怒りました。そんなことできらいにならないし、信用してつきあってくれているのならもっと早く話してほしかった、と。

その日を境に彼女の振る舞いは変わっていきました。なんだかやわらかい印象になって、自分のことをよく話してくれるようになりました。さらに信用してもらえたように思えてうれしかった。やはり人と人は話をしないといけませんね。いまより関係を深めようとするなら。

ぼくの名前を呼ぶきみが妙に好きで、そのまま
口癖にでもなってくれたらいいのにと思う。

だれにでも人から言われてうれしい言葉があるかと思います。褒めてもらったり、感謝してもらったり、労《ねぎら》ってもらったり、そんなときの言葉は特にそうでしょう。「好き」や「愛してる」のような好意を表す言葉もうれしいですが、これには少し難しさもあります。だれから言われるかで随分と印象が変わるからです。もちろん好きな人から言われるのはたまらなくうれしい。下手をしたら人前でも泣いてしまうくらいに。

ぼくには好きな人から言われたい言葉がもうひとつあります。それは、名前です。そもそも名前を言葉にカテゴリしてよいのかはわかりませんが、もしもよいのなら「好き」や「愛してる」に匹敵するほどうれしい。

たとえば忙しくてなかなか会えていなかった恋人にようやく会えたとします。待ち合わせ場所で合流するなりハグされて、耳元で名前を呼ばれたとします。「会いたかった」よりも先に。うれしいが更新される瞬間。

気になってみてはじめてわかったのだけれど、「気になる」はもうけっこう好きです。

いま好きな人がいないという人でも「気になる」くらいの人ならひとりやふたりいるかもしれません。

ランクづけするなら「気になる」は「好き」よりも下です。好きな人ができることよりも気になる人ができることのほうが断然ハードルが低いですから。しかしなめてかかると痛い目に遭う。

経験者ならわかるでしょう。「なんでもない」からなにかの拍子に「気になる」へ昇格するとそこからが早い。まるで落下するジェットコースターのように好きへと、恋へと落ちていくのです。まあ、「じゃなかった」に緊急停止することもなくはないですが。

好きな人がいるのか気になります。どんな人が好きなのか気になります。どう思われているのか気になります。きみのすべてが気になります。きみのことが気になりはじめてから、ずっと考えていたことがあったのです。それがようやくわかりました。「気になる」はもうけっこう好きです。

「もしもし、なにしてた？」「なにしてるかなって
思ってた」

恋人と電話をするときはたいてい「なにしてた？」のような話からスタートします。ぼくはこのやりとりが好きです。会えない時間を埋められたような気になって。ちなみに「なにしてるかなって思ってた」と返すとかわいいと思ってもらえるので男女ともに試してみてください。

つきあいはじめるとお互いの日常が少しずつ見えてきます。恋人がいまどこにいて、なにをしているのかの想像がだんだんつくようになります。人は知らないこと、わからないことに不安やいら立ちを覚えがちなので、「見える」や「想像がつく」は安心してつきあっていくうえで重要です。

とはいえそのためにスマホの中身を見せあったり、GPSで位置情報を管理しあったりするようなことはおすすめしません。言葉が信用できなくなった時点で実質関係は終わると思うから。

そんなことに頼らなくても済むように、ぼくはこれからも話をしていこうと思います。わかりあっていこうと思います。そして安心に抱かれたい。誤解やすれ違いのようなつまらないことで、せっかくのこの気持ちが離れてしまわないように。

ちょっと充電（ハグ）いいですか。

ハグをするとストレスが軽減されるという話を聞いたことがあるでしょうか。なんでも脳内でオキシトシン（幸せホルモンとも呼ばれる）というものが分泌されるからだそうです。次にハグをするときは「ね、オキシトシン出た？」「うん、めっちゃ出た」などと言いあってみたい。

オキシトシンはハグだけに限らず、手をつないだりハイタッチをするだけでも分泌されるそう。

そういえば昔、飲食店でお会計をした際、女性の店員さんがこちらの手を握るようにお釣りを手渡してきて好きになりかけたことがありました。いま思えばあのときのぼくはオキシトシンを分泌していたのでしょう。なんなんオキシトシン。

オキシトシンのことを知る前から、恋人と会えたときはたくさんハグをしていました。「充電する」という感覚があった。好きな人の大きさやぬくもりを体で覚えて、また会える日までの時間を乗りきろうとしていたのです。

別れたあとお互いが電車に乗ったくらいの絶妙に
もう戻れないタイミングで「まだ一緒にいたかっ
た」とか送信するの、反則。

恋愛では反則技を使ってくる人が一定数います。いわゆる「あざとい」もその一部です。恋愛以外では「人たらし」などと呼ばれていますね。人の心をつかむことに長《た》けた人たち。

スポーツなどの競技で反則を犯せばペナルティを科されて不利になりますが、特に恋愛における反則は有利になることが多く、戦術的に用いられるケースが後を絶ちません。

そう言われると反則をずる賢く思うかもしれませんが、する側でもされる側でも、ぼくはむしろ推奨しています。理由は「なぜ反則が有利になるのか」にあります。それは、人を幸せな気持ちにしているからです。

たとえば恋人と会った帰り、お互いが電車に乗ったくらいの絶妙にもう戻れないタイミングで「まだ一緒にいたかった」とメッセージが届き、愛しくてたまらなくなったあの日のぼくのように。

好きな人の安心して眠れる理由になりたいし、と
きどきは眠れない理由にもなりたい。

あるときつきあっていた人は寝つきが悪く、睡眠時間の確保にいつも苦労していました。しかしお泊まりして一緒に寝た日はすっと眠れ、翌日は体が軽いとよく言っていました。最初にそう聞かされたときは意外でした。ふたりで寝るにしては窮屈なシングルベッドで体が軽くなる——彼女自身も「なんでだろうね」と笑っていました。

仕事の関係で一時的に遠距離になり、一カ月ほど会えなくなる時期がありました。彼女の寝つきが心配になったぼくは、毎日寝る前に十分だけ電話で話す、ということをやりはじめたのです。

のちに彼女は当時のことを「声が聞けるのっていいね」「わたし、安心できてたんだね」としみじみ振り返り、ぼくに何度も感謝しました。絵本です。ぼくはまるで、親が子どもに読み聞かせる絵本のような存在になれていたのです。

そんな彼女と別れた理由は「どきどきしなくなった」と言われたことでした。恋は欲張りですね。安心しながらどきどきする絵本は、ありますか。

昔ちょっと好きだった人とばったり会った。ラーメンでも食べようとなってふたりで行った。食べながら、昔ちょっと好きだったことを言ってみたら「わたしも」と返ってきた。もったいないことをしたと思った。好意は伝えないとだ、そのときに。

好きだった人に再会して当時の気持ちを打ち明けると、なんと両思いだったことが判明する――。ありがちな設定ですが、現実に起こると事件です。

数年ぶりに再会したその人は当時と変わらずかわいくて、よく目立って街中でもすぐに見つけられました。声をかけると「蒼井しゃん！」と目を丸くしておかしかった。そう呼ばれるのも好きでした。

仕事がきっかけで知りあい、同じタイミングで失恋したことで一気に仲よくなりました。話が合い、よくごはんに行っていました。一度、お酒を飲んだ帰りに手をつないだりキスをしたりした覚えがある。

彼女は現在の恋人とうまくいっているようでした。幸せそうな顔が見られてよかった。昔の話になった流れであのときちょっと好きだったことを言うと「わたしも」と返ってきて、ふたりでげらげら笑いました。

「じゃあ、こっちだから」と分かれ道のところでハグをしました。「元気でね」と言いあったら涙が出そうになった。人生の分かれ道だ。

「寝た？」と送信したけれど返信がなくて、なんだもう寝たのかと少し残念に思って、「おやすみ」と送信してベッドに入って、目を閉じたあとしばらくしてから「ごめんお風呂入ってた。寝た？」と返信があって、「ううん、まだ」と返すような感じが好き。

恋人とのつきあいが落ち着いてくると連絡のあり方にも変化が出てくるはずです。つきあいはじめのころは頻度が高いこと、やりとりを多く交わすことが「好き」の証しになりがちなので、ふと昔を振り返ってみるとその多さを異常に感じてしまいます。電話にしてもそうです。なぜあれほど頻繁に長電話ができたのか説明できません。明日会えるのに長電話なんなん。

だから少しすれ違っただけでもおおごとのように感じたり、悪いほうへと勝手に妄想したりしていました。われながら笑ってしまうのが、自分で夜遅くに送信しておきながら返信がないことにどこか腹を立てたりしていたことです。ごめんとしか言いようがない。わかったからはよ寝ろ。

つきあいが落ち着くことは自然なことで、悪いことではないですが、もう寝たと思っていた好きな人から連絡があったときのうれしさを、あのころの熱量でもう一度感じてみたいと思ったりもします。せめて文字や声だけでも、四六時中そばにいたかったんですよね。

いつもいい匂いの人、花みたいで好き。

理想のタイプランキングに「いい匂いの人」が入っているのを見たことがありません。どうしてなのでしょう。いい匂いがする人は強烈に印象に残り、無性にまた会いたくなるというのに。

「かわいい」や「かっこいい」をつくるのにはお金や時間や労力を要します。しかしいい匂いは今日からでもまとうことができます。みんなでいい匂いがする人になってだれからも愛されましょうよ。

別にハイブランドの香水なんかじゃなくても大丈夫です。柔軟剤だけでも十分効果があります。笑ってしまいます。たった数百円で人を惹《ひ》きつけることができるかもしれないだなんて。

あるとき好きだった人はいつもいい匂いがしていました。そばに行くとふわっと香って、まるで花のようでした。好き同士になって周囲に「春が来たよ」だなんて報告したかった。きみはいまでも咲いているのですか。

昔つきあっていた人の家の最寄り駅で降りると、改札を抜けるくらいのところで「待ってるかも」と思える。いつ来ても思える。もうなんとも思っていなくても思える。もうここには住んでいなくても思える。

何年かぶりにとある路線を利用しました。そこには一時期ぼくが利用していた駅や暮らしていた街があり、たくさんの思い出が詰まっている場所です。

車窓から流れる景色を眺めているうち、懐かしいシーンたちが少しずつ胸に甦《よみがえ》ってきました。つらいこと、悲しいこともいろいろとあったはずです。それなのにいま思うのはいいことばかりで。記憶の偏りには笑ってしまいます。

不意に車内アナウンスが当時の恋人の最寄り駅を告げます。思わず泣きそうになりました。ぼくの人生の数年間をまるまるあげた人。世界でいちばん好きでした。すごくないですか、家族でもないくせにいちばんだなんて。

それなのに、それくらいの人だったのに、彼女がいまどこでなにをしているのかわかりません。連絡先も知りません。人と人のつながりって、変ですよね。

前略、久しぶりにきみを思いました。あの路線はいまでも懐かしいままです。あの街はいまでも美しいままです。

カフェで隣の席の女子ふたりが「日曜に会うのはめちゃくちゃ好きな人だけにしておかないとだめ。めちゃくちゃ好きな人は月曜のことを考えさせない」的な話をしていて20000いいねした。

明日から仕事や学校がはじまると思うと、せっかくの休日でも憂うつな気分になりますよね。しかし目の前に夢中になれるようなことがあれば邪念から解放され、いまこの時間をただ楽しむことができると思うのです。

楽しめた人にはさらにいいことがあります。少し大げさに言えば「楽しむ」とは「生まれ変わる」だと思っています。心の老廃物、ストレスを体外に排出して、気分を、自分を一新するのです。そうして生まれ変わった自分は前よりも強くて、労働や勉強のような面倒なことにも前向きな気持ちで臨めるはずです。

さて、ここで質問です。あなたが好きなことはなんですか。なければ興味がある程度でも大丈夫です。人でも物でも大丈夫です。食べるでも寝るでも大丈夫です。すべて書き出してみてください。そしてそのなかから予定を立ててみてください。目を閉じて想像してください、楽しんでいる自分の姿を。すてきな休日を。

待ち合わせ場所で無表情だった好きな人の顔が、こちらに気がついてぱあっと明るくなるのが好き。

恋人との待ち合わせがかわいくて好きです。こちらが先に着いていたときは、ぼくを見つけた恋人が最後の数歩を駆け寄るようにしてやって来るのが好きです。ただでさえかわいい人が五倍増しくらいになる。いい加減にしていただかないと爆発してしまいます。

恋する女子はなぜ最後の数歩を駆け寄るようにしてやって来るのでしょうか。犬やん。ぼくの経験でいくと八割くらいの人がそうです。恋愛テクニックとしては聞いたことがありませんが、彼女たちはいったいどのようにして会得したのでしょう。まったくもって謎です。ただそのかわいさは保証します。これまで駆け寄らない派だった人もこれを機に恋人や片思いの相手に試してみてください。

しかし待ち合わせにはそれをも上回るかわいいが存在します。それは、それまで無表情だった好きな人の顔が、こちらに気がついてぱあっと明るくなることです。下手をすると鳥肌が立つ。好きな人の好きな人が、自分なのだと感じられて。

昔つきあっていた人に「わたしが死んじゃったらどうする?」と訊かれて、泣くとか悲しいとか返したのだけれど、同じ質問をしたら「怒る」と返ってきた。あれはけっこうよかった。ぼくも怒ろう。

ぼくには恋人が死んでしまって怒るという発想がありませんでした。しかし大真面目にそう語る当時の恋人の姿は、変な言い方かもしれませんが、けっこうよかった。

しかしこちらはもう死んでしまっているというのに、そのうえまだ怒られるだなんて損な役回りです。なにひとつ得がない。とはいえ残される側も相当きついものがあります。最愛の恋人が死んでしまったばかりだというのに、心を鬼にして怒らなければならないのですから。

万が一に備えて残された側の練習をしておこうと思います。死んでしまった側はなにもできませんので、せめて残された側の。

きみが死んでしまって腹が立っている。あのとき交わした約束を忘れたのだろうか。嘘つき。ぼくをこんなにもひとりにするだなんて。時間を返してくれ。つきあう前の自分に戻ってやり直すから。次はきみを見つけないようにする。次は好きにならないようにする。次は先に死なせないようにする。死んだら怒ると言っておけばよかった。

昔好きだった人、一時期とはいえとても大切な存在だったのでどうか幸せになっていてほしい。

元恋人の幸せを願う女性はほとんどいないという話を聞いたことがあります。理由は「自分より幸せになってほしくないから」だそうです。言われてみればぼくの周囲でも、元恋人に対しては男性に比べて女性のほうが厳しい意見を持っている印象があります。まあ、「どうでもいい」が本音かもしれませんが。

ぼくはほとんどの元恋人の幸せを願っています。別れ方はあまり関係ありません。どれだけ好き同士でも交際の終盤は険悪になったり、誠実さを欠いたりもしますから。それよりも仲がよかった時期にどんな関係だったかのほうが大事。

なかでも特に幸せを願うのは遠距離恋愛だった人のことです。寂しい気持ちになってしまわないよう、ふたりで協力してあの手この手で距離を埋めようと努めていました。われながら健気でかわいいカップルだったと思う。友人や同僚でもそうですが、やはり力を合わせたという記憶は尊いですね。

もう昔のことですし、おそらく二度と会うこともないでしょうが、きみの幸せを心より願っています。あのときはありがとう。

改札前で男女が号泣しながらハグしていて、一生会えないわけでもあるまいしと思ったのだけれど、一生会えないふたりかもしれないのだった。

好きな人ともう一生会えないかもしれないとき、別れ際にどのような言葉をかけますか。家族や友人や恋人など、関係性によっても随分変わってくるかとは思いますが。共通するのは「寂しくなるね」「元気でね」「体に気をつけて」「頑張ってね」「応援してる」「ありがとう」などでしょうか。どれも大事にしたい言葉ですよね。

家族のなかでも親子に限定するとどうでしょう。親から子へは先ほどの共通の言葉とそう変わらないと思いますが、子から親へは「長生きしてね」「産んでくれてありがとう」「お母さん（お父さん）の子どもでよかった」などでしょうか。想像しただけでも涙が出そうになります。

友人限定なら「友だちになれてよかった」、恋人限定なら「出会えてよかった」などでしょうか。いいですよね、やはり涙が出そうになります。

ちなみにぼくが恋人との別れ際にかけられた言葉で忘れられないのは、「わたしたちどこで間違えたんだろうね」です。

一度好きになった人のことはそう簡単に忘れられるものではないので、忘れられた人は「なにかで上書きした」か、「とてつもなく長い時間をかけた」かです。

「なにかで上書きした」の「なにか」の部分にはいろいろなものが当てはまると思います。もっともわかりやすいのは「新しい恋」です。失恋の特効薬としては最強。下手をすると三日で立ち直りますから。

親友と呼べるような人がいるのなら「友情」もいいですね。こんなときくらいはたくさん話を聞いてもらいましょうよ。遠慮はいりません。持ちつ持たれつの仲ですから。

ぼくは、気持ちが落ちているときは言葉にすることが大事だと思っています。失恋したときの「悲しい」「寂しい」「まだ別れたくない」「あんな人にはもう出会えない」「生きていけない」といった、かっこ悪くて人には言えないような気持ちほど言葉にしてください。そうすることで現状を受け入れる準備が少しずつできてくる。「立ち直る」の前には必ず「受け入れる」があるのです。

好きな人のことを忘れようとするとき、「とてつもなく長い時間をかけた」は奥の手だと思っていてください。なにをもってしても上書きできなかった場合の最後の手。これはおすすめしません。長くあなたを苦しめるので。

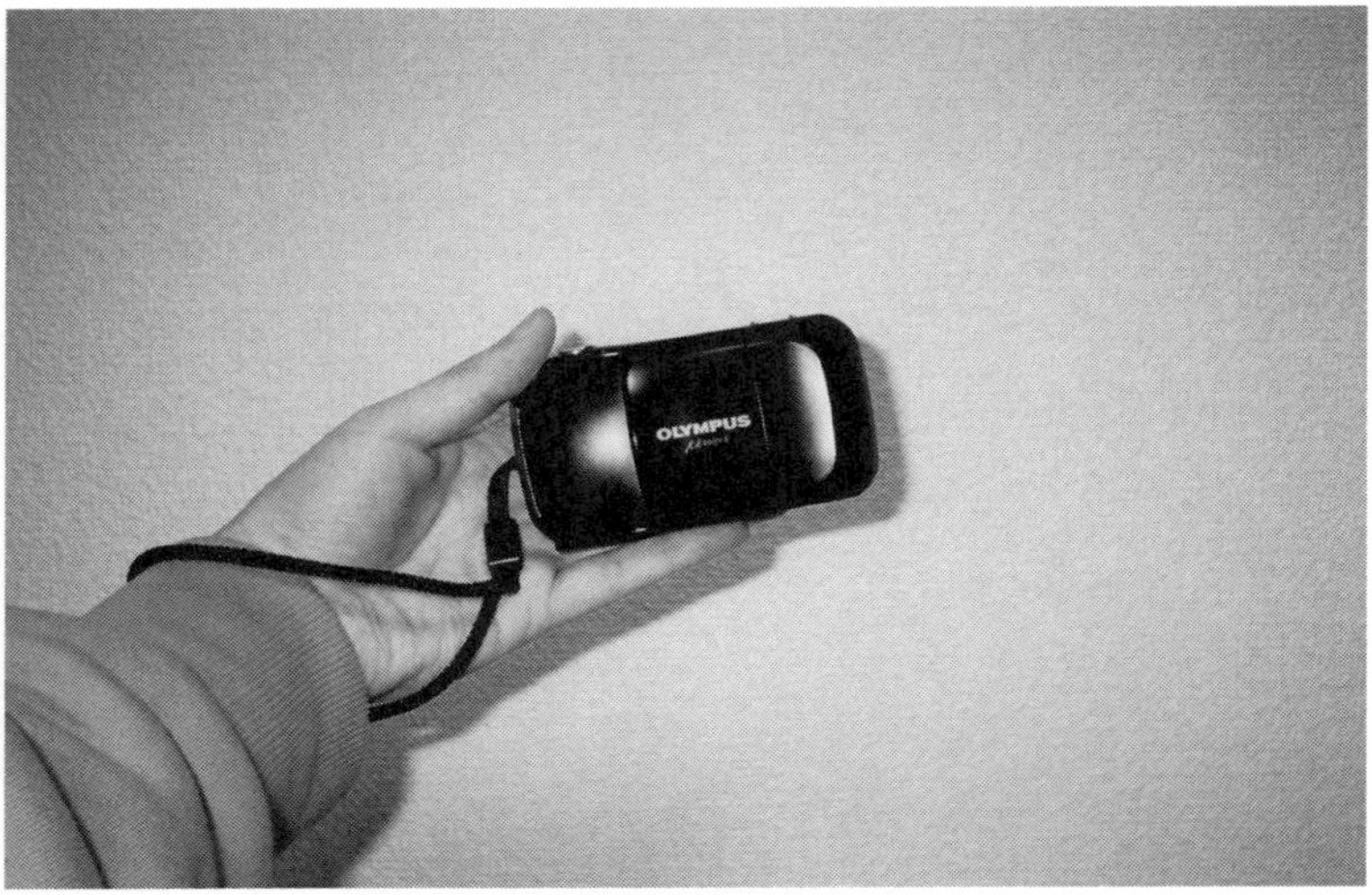
OLYMPUS

照明

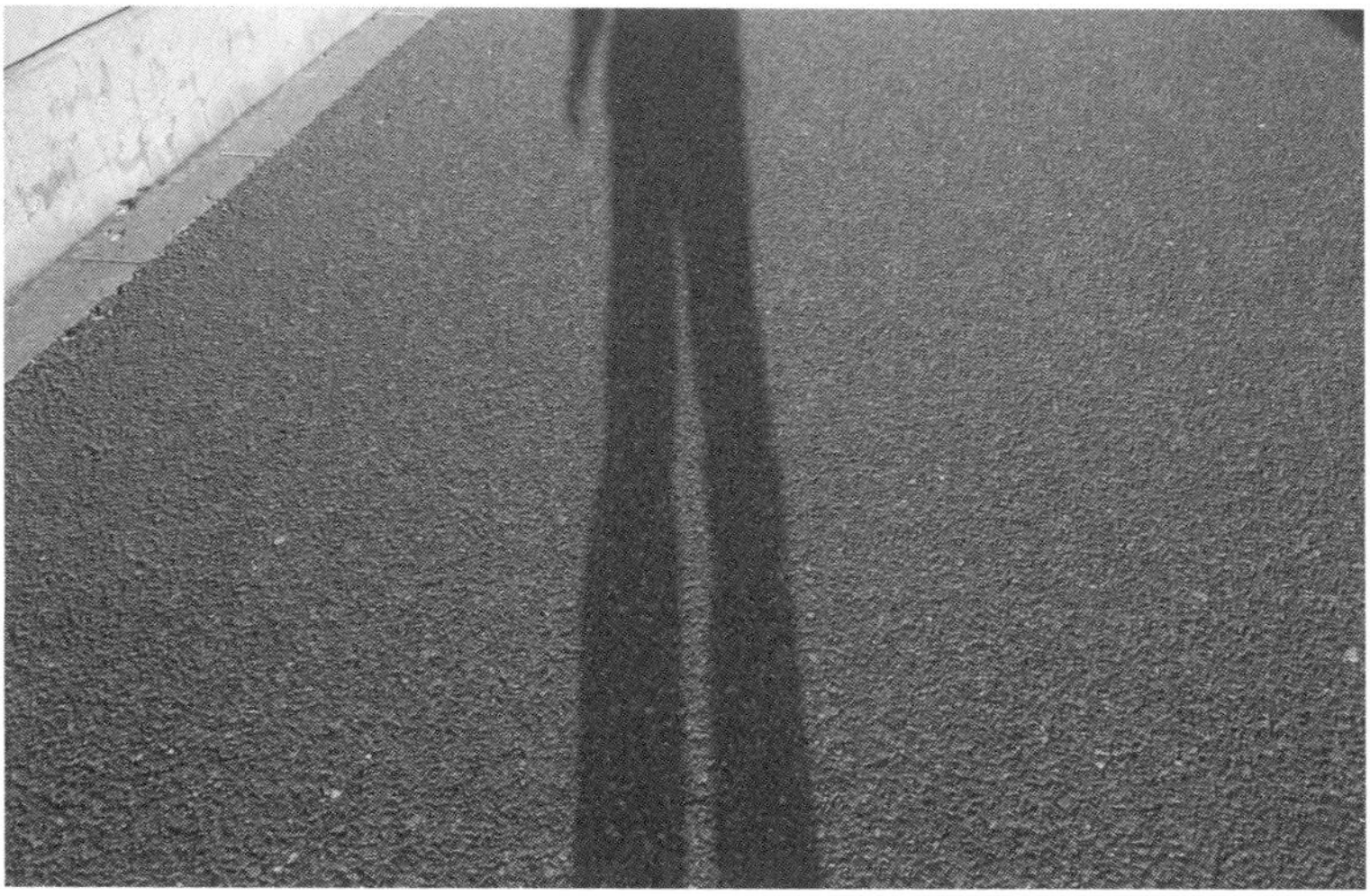

人を好きになることをやめない。

Chapter 2

隣にだれかがいるということ

――人を思う歌が染みるのは
だれかを本気で思ったことがあるから。

「間違えてふたり分のパスタを茹でる予定なんだけど、来る?」「行く。間違えて早めに着く」

あるときつきあっていた人とは家が近く、自転車で十分もかからない距離でした。そこまで近いとあらかじめ約束をしていなくとも会えます。会うことが電話をかけるくらいの感覚になっていて、平日でもよく行き来していました。

料理が上手な人でした。あまり時間をかけずにさっとつくるのが印象に残っている。本当に上手な人はそうなのでしょうね。人に教えるのも上手で、手間をかけずにおいしい「ひとり飯」を教わったりもしました。明るくてしっかりしていて、たいていの男性ならたぶん結婚したくなってくるような人だったと思います。

「間違えてふたり分のパスタを茹《ゆ》でる予定なんだけど、来る？」

ぼくたちはよく間違えて多めにつくったごはんを一緒に食べました。楽しかった。やはり一緒にごはんを食べていて楽しい人がいちばんですよね。どうしてそのまま間違えて結婚しなかったのだろう。

「お茶しよう」と言ったけれど本当は「会いたい」でした。

あるとき友人を「お茶しよう」と誘ったら「やったー！　会いたい！」と返信が。はっとしました。そう、ぼくも友人に会いたいという気持ちから連絡をしたはずです。それなのにもっとも大切なその部分を省略してしまっていたのですね。

友人や恋人のような仲がよくて定期的に会っている関係ほど「お茶しよう」「ごはん行こう」といった誘い方になりがちです。そもそもなぜその人とお茶やごはんに行きたいのか——会いたいからですよね。せっかくのその気持ちを言葉にしないいだなんて、よく考えたらものすごくもったいないことです。

実際、「会いたい」は何度目であってもうれしいものです。「好き」や「愛してる」のような言葉と似ていて、わかっていてもあらためて言われるとうきうきするくらいにうれしい。

今後、仲がいい人を誘うときはどこかに必ず「会いたい」を入れることにしませんか。きっと喜んでもらえるでしょうし、もっと仲よくなっていけると思う。

「もしもし」の代わりに名前を呼ぶ人なんなの、
好き。

電話をするとき「もしもし」の代わりにこちらの名前を呼ぶ人のことが好きです。そうなったのはきっと元恋人に名前派の人が多かったせい。気がつくと好きになっていました。

それにつられたのか、恋人や一部の友人に対してはこちらからかけるときも名前で呼ぶことがデフォルトになっていきました。指摘されてはじめて気がついたのですが、電波が悪くて音声が途切れたときにも「もしもし」ではなく名前を呼んでいました。われながらかわいさがあふれている。

名前派の人とつきあっていると電話がかかってくるのが楽しみになってきます。第一声を絶対に聞き逃すまいと、コールが鳴っている数秒のあいだに少しでも静かな環境を確保しようとします。われながらかわいさがあふれている。

ちなみに名前を呼ばれたときのぼくの返事は「はあい」です。「はーい」とは似ているようでまったく違う。これは呼ばれたのがうれしくて自然と出てしまう受け答えです。語尾にハートがつくイメージ。はあい。

同僚女子に好きな飲み物を訊いたら「コーラ」とのことだったのだけれど、数時間経ってから急に「ゼロのほうね？」と言ってきて、なにを気にしたのかわからないけれど、ちょっとかわいいと思ってしまった。

人の「かわいい」に気がつくとうれしくなったり得をした気分になったりします。思わず笑みがこぼれます。周囲からはさぞ幸せに見えていることでしょう。

人の「かわいい」を探し集めてぼく自身もかわいい人間になりたいです。もっとスキルを高めて人々が見逃しているような「かわいい」にも気がついていきたいです。そして夜ベッドに入り、「あー今日もかわいかった」などと思いながら眠りに就きたいのです。

コーラをゼロコーラだと言い直してきたときの同僚女子は、正直に言ってまぶしいほどかわいかったです。いち社会人として、コーラだと子どもっぽいと思われるかもしれないと考えたのか、「カロリーとか気にしないんだ?」と思われるのをきらったのか、本当のところ彼女がなにを気にしたのかはわかりません。

しかしぼくはその、数時間経ってから言い直してくるというかわいさを愛さずにはいられなかったのです。ありがとう同僚女子、ありがとう「かわいい」。いまでも思い出すだけで笑顔になれる。

じつは気がついていないだけで、「かわいい」はそこら中にあるのかもしれません。みなさんも探してみませんか。まずは身近な人のそれから。

褒めてくれる人のなにがいいって、見てくれている
ところなんだよな。

人は二種類に分けることができます。「褒める人」と「褒めない人」です。「褒める人」はこれからも他者を褒めていきますし、「褒めない人」はこれからも他者を褒めることはないでしょう。

ほとんどの「褒めない人」は「見ていない人」と言い換えることができます。褒めるには対象のことをよく見なければなりません。たとえば男性が女性のパートナーの髪型や服装など、見た目の変化に気がつかずがっかりされることがありますが、変化前、つまり日ごろからよく見ていないため気がつけるはずもないのです。

逆に「褒める人」は「見ている人」です。こういう人はちょっとした変化にもすぐに気がついて「前のもよかったけどいまのもいいね」などと言ったりします。ビフォーを褒めつつアフターも褒める——手練《てだ》れです。完全に褒め慣れている。

褒めてもらえただけでもうれしいというのに、日ごろから気にかけてくれているのだと思うとさらに気分が上がります。これはきっと友人などにも当てはまるはずです。これまであまり意識してこなかった人も一度やってみては。日ごろから周囲の人をよく見て、ポジティブな変化に気がついて、そして褒める。

「いつでも人にやさしくできない」と真面目に言っている人がいて、あなたは十分にやさしいですよと思った。

「いつでも人にやさしくできない」と聞かされたとき、この人はなんてやさしい人なのだろうと感心しました。そうでなければそんなことを考えることもありませんし、真面目に人に打ち明けることもありません。「あなたは十分にやさしいですよ」となぜその場で言ってあげなかったのだろう。後悔が残ります。

ぼくたちはやさしい人のことが大好きです。もしも周囲がみなやさしい人だったらどれだけ生きやすくなるでしょう。しかし実際、その分やさしい人のことを大事にしてあげられているかといえば疑問です。

やさしい人は「最近、大丈夫?」「なんかあったら言ってね」のように声をかけてくれます。いつも気を配っているので少し様子が違うだけでわかるのですね。しかしこのことはネガティブなほうへも作用します。たとえばほとんどの人が意識していないような悪意にも気がついて、人知れず傷ついたりしているのです。

やさしい人にやさしくしましょうよ。あなたのそばにもひとりくらいいるでしょう。いつもありがとうと言いましょうよ。きっとやさしい笑顔が返ってくると思う。

「会えてうれしい」って言われるの、会えたことと
同じくらいうれしくないですか。

会いたかった人と会えたとき、その気持ちを言葉にして表していますか。会う約束を交わしたときに喜んでみせる人はたくさんいます。また当日、別れたあとに「会えてうれしかった」と送信する人も割といるかもしれません。しかし顔を見て直接伝えている人はどれだけいるでしょう。

ぼくは会いたかった人と会えたとき、「会えてうれしい」や「今日を楽しみにしていた」というようなことを伝えるようにしています。それはなにも憧れの人と会うような特別な場のことだけを言っているのではありません。むしろ友人や恋人のような定期的に会っている人たちにこそ必要なことだと思っています。

うわべだけの友人や気持ちの冷めた恋人など、そもそもあなたが会えてうれしくない人と会っているのならいますぐやめるべきです。とはいえ人生は複雑。なにかしらの事情でまだやめられない関係もあるかもしれません。

だからこそ言いたい。会えてうれしい人を特別扱いしてください。そう、ちょうどいい言葉があるんですよ。

なにが面白いのかよくわからないのだけれど、「とりあえずこの人が笑っているので」みたいな理由で笑いたい。

この人が笑っていると安心だという人はいますか。ぼくは子どものころ、親が笑っているのを安心しました。ひとつのテレビを家族みんなで観てげらげら笑っている時間が好きでした。なにもかも大丈夫な気がしてうれしかったのです。

ぼくの恋愛の理想のタイプのひとつに「よく笑う人」というものがあります。これには大きく分けると二種類あって、ひとつは口角を上げたり目尻を下げたりしてにこにこしている人。もうひとつは沸点が低くてささいなことでもすぐに笑ってしまう人。一見似ているようでまったく違うものですが、どちらも抱きしめたいほどに好きです。

よく笑う人はいいですよ。こちらまでつられて笑えてきますから。そして教えてくれます。なにが理由で笑っているかにはあまり意味がなくて、笑うこと自体が大切なのだと。

心に余裕があるときって、いつもより人にやさしくできたりするじゃないですか。だから大事な人に会うときは特にそうありたいと思うんです。でも困るのが、余裕がないときほど会いたくなるのもそんな人だったりして。ごめんねって思ってるんですけど。大事だよって思ってるんですけど。

心の余裕というものは管理することがなかなか難しいものです。昨日までは満タンだったものが、忙しくなったり体調を崩したりするだけですぐにゼロになってしまうのですから。傷つくようなことがあったときもそうですね。

満タンのときの自分はわれながらかっこよくて好きです。まず面白いのが、視野が広くなります。自分のことはもちろん周囲のことまでよく見えるようになって、困っている人がいたら助けようとします。ときには自分のことを後回しにしてでも。

自分の機嫌を取ることも上手になります。「よくやってる」と自分を褒めてあげられたり、いつもより少しいいものを買ったり食べたりして甘やかすことができます。こういうことはむしろ余裕がないときにこそ取りたい行動なのですが、まあ、できませんよね。視野が狭くなっているはずですから。そのような考えには至りません。たどり着けません。

だからあらかじめルールを決めておきませんか。心に余裕があるときは助ける、ないときは助けを求める、と。

「○○歳になってお互い相手がいなかったら結婚しようよ」的なやつ、ロマンチックではあるけれど先が長すぎてちょっと想像がつかないし、もう季節ごとにやればいいのにと思う。たとえば夏なら「今年の夏の最後のお祭り、お互い相手がいなかったら一緒に行こうよ」みたいに。

子どものころ、近所のよく遊んでいたちかちゃんという女の子に「結婚してくれる？」と言われて「いいよ」と返事をした記憶があります。てっきりプロポーズは男性側からするものだと思っていました。前略、ちかちゃん。結局きみとは結婚しなかったけれど幸せでいることを願っています。貸してくれたけん玉を壊してしまってごめん。

「〇〇歳になってお互い相手がいなかったら～」という約束がロマンチックに思えるのは、どことなく「迎えに行くね」感があるからでしょうか。

ぼくも過去に一度だけそんな約束をしたことがあります。しかしロマンチックでもなんでもなかった。単に好きだと切り出す勇気がなかっただけ。関係が壊れることが怖かったのです。ばかでした。何歳とかじゃなくて「いまここにいるきみが大好きです」と言えばよかった。

しかしあらためて考えてみると、この「お互い相手がいなかったら～」という誘い方は、気軽に誘ったり誘われたりできる非常に優秀なものなのではと思えてきました。週末、お互い相手がいなかったらごはんでもどうですか？

人と人は相性よりもタイミングなんじゃないかって最近よく思うんです。

人と人の関係がはじまったり深まったりするのは相性がそうさせているのだと思っていました。いえ、もちろんそれもあります。しかしそれだけじゃない。このことがわからないうちは、たとえば長くつきあった恋人と別れた人が、次につきあった人とあっさり結婚するような現象を理解できないままでしょう。

出会って間もないにもかかわらず結婚にまで至るのはなぜなのでしょうか。ぼくもある時期までは理解できませんでした。しかしさまざまな出会いと別れを経ていま感じているのは、ふたりのタイミングが合うことの重要性です。

長くつきあった恋人と別れたばかりなら、恋愛に対して疲れがあることでしょう。次につきあうなら結婚を前提にしたい——そう考えることもごく自然な流れです。そしてそんなふたりが出会えば、つきあいの短さは障害になりませんよね。

人との関係がどうやっても発展させられないときは、タイミングを意識してみるといいかもしれません。いま「来ている」のか、「来ていない」のか。

きらいな人たちからはさっさと離れたほうがいいですよ。そのうち自分のことまできらいになってしまうから。好きな人たちのそばにいましょうよ。もっと自分のことが好きになれるから。

どんな人も順応性というものを持っています。個人差はあれど、人には新しい環境に適応していく力があるのです。たとえば住む街や働く場所が変わると思考や行動も変えなければならず、大きなストレスを抱えることになります。しかしそれも時間の経過とともに緩やかになり、新しい環境は徐々に日常となっていきます。

つまり人は色に染まる生き物だということです。だからどのような環境に身を置くかでよくも悪くもなる。

あるとき働いていた職場はいわゆるブラックで、非常に劣悪な労働環境でした。長時間の残業は当たり前。泊まり込みになることも珍しくはなかった。だれもが常にいら立っていてギスギスしていました。チームとして完全に破綻《はたん》していました。そこにいる全員のことがきらいでした。

当初はぼくを心配してくれていた恋人も、「いつも機嫌が悪い」「愚痴ばっかり」「こっちまで暗くなる」などと言って離れていきました。心底恐ろしかった。きらっている人たちのように、自分自身がなってしまっていたのです。

友人や好きな人の働いている姿を見るのが好きです。本当はばかなのにこんなに真剣な顔をして、静かにしびれるのです。いつもはだらしないのにこんなにかっこよくて、好意を新たにするのです。

子が親の職場を見学する「子ども参観日」のように、もしも友人や恋人の働く姿が見られる機会があればぜひ参加したいと思っています。趣味や習い事の成果が見られる機会でもいい。いつもはふざけあっているような人たちが日ごろ見せることのない姿——見たいに決まっています。きっとその真剣な眼差しに鳥肌が立って好意やリスペクトを新たにすることでしょう。

ぼくは親しい間柄こそときどきはそのような機会が必要だと思っています。だって、一度好きになればそれで終わりですか。「見直す」や「惚《ほ》れ直す」が必要ではありませんか。人と人はつきあいが長くなると、なあなあになってしまいがちですから。特に恋愛関係では。それが終わりのはじまりになったりもする。

いやですよね、悲しいですよね。せっかくこうして出会えたというのに。時間をかけてようやく好き同士になれて、これがずっと続いていくものだと思っていたのに。

なんだかうずうずしてきませんか。かっこいいところ、見たり見せたりしたくなってきませんか。

あくびをしたあとに泣いてしまっている人はけっこうかわいい。

「最近、わたしのこといつかわいいって思った？」

お酒を飲んでほろ酔いになった恋人がそう訊いてきたことがありました。しらふではそんなことを言わない人だったので驚いて、思わず「いま」と答えそうになりました。ほろ酔いになった好きな人はとてもかわいい。

彼女はかわいいところがいくつもあるすてきな人でしたが、あくびに関しては特にそう思えることのひとつでした。つきあいはじめたころの彼女はぼくの前であくびをするのを避けていました。退屈していると思われるのがいやだったらしく、離れたり隠れたり、わざわざトイレに行ってしまったこともあったそうです。いや扱いがおならと同じなんよ。

それでもぼくのあくびがうつることには抗《あらが》えず、隣で変な顔になりながらこらえようとしていたのをよく覚えています。かわいい人。そしてそのあとのうるうるした目で見つめられるのが好きだった。

パピコをはんぶんこするだけで楽しくなるような
人を大事にしていきたい。

はんぶんこするのが好きです。子どものころ、ごはんやお菓子を取りあって兄弟げんかを繰り返していたようなぼくが、いまは自ら分けあって喜んでいるだなんて。人間という生き物の成長ぶりには驚かされます。しかしだれとでもしたいわけじゃない。もっとおいしくなって楽しい気持ちになれる人だけです。

この世にはまるで魔法がかかったような言葉がありますが、ぼくにとって「パピコはんぶんこしよ」はそのひとつです。言うのも言われるのも好き。原点は十代のころにつきあっていたパピコ好きの女の子です。会うたび魔法にかけられていました。大人っぽい子でいつもどきどきしていました。いまでも鮮明に焼きついている。

青春のど真ん中にそのような一ページが刻まれたせいでパピコを偏愛する大人になりました。試しに自分のSNS上で「パピコ」と検索してみると、ほぼ毎年なにかしら投稿していて鼻水が出た。

あなたにはパピコをはんぶんこするだけで楽しくなれるような人がいますか。もしもいるのなら大事にしてください。きっと一生の思い出が生まれるでしょうから。あのころのぼくたちのように。

物がいつか壊れるのと同じで、人もいつか会えなくなる。悲観的になる必要はないけれど、いつだって最後になるかもしれないことを覚えておけたら。好きな人に早く会いたい。

たいていの別れは突然やって来るものです。これで最後だとわかっていたらもっとできることがあったのに。後悔してもときが戻せるわけではありませんが、それでも「もしもあのとき」と考えずにはいられません。

しかしぼくはその時間がまるまる無駄だとは思いません。人はくよくよしないこと、いつも前向きでいることが求められがちですが、「くよくよするのはこれで終わり」「もう前を向くよ」と自分が心から思えなければリスタートを切ることはできないでしょうから。

よくないのは、ずるずるといつもなんとなく落ち込んでいることです。少し元気が戻ったらまずは期限を決めましょう。「ここからもう一度はじめる日」を自分で決めるのです。無理のない範囲で構いません。その日まではしっかり落ち込んでいて大丈夫です。

まだ好きな人に会える人は、よかったですね。この話を読んで早く会いたくなってくれていたらうれしいです。いまを目いっぱい楽しんでください。一緒に笑ったり泣いたりしてください。

仲がいい人ほどなかなか会えないので、ちょっとだけ仲悪くなろうか。

学生のみなさんにはきっと信じてもらえないでしょうが、社会人になると親友と呼べるような人ほど会えなくなります。いまどれだけ毎日一緒にいようが、言葉にしなくとも意思疎通が図れるほど気が合っていようが、驚くほどぴたりと会えなくなります。それはもう笑ってしまうくらいに。

理由は大きく分けてふたつあります。ひとつは「環境ががらりと変わること」です。勤務地がばらけて遠くへ引っ越すこともあるでしょう。そう、恋人には引き続き会えますのでその点は安心してください。環境が変わろうが、遠距離になろうが、好き同士でいる限り恋は終わりません。ふたりは知恵と根性を駆使してなにがなんでも会おうとしていくでしょう。それが恋の力なのです。

しかし恋人には会えて親友には会えなくなるのはなぜでしょう。それはふたつ目の理由によるところが大きい。「大丈夫だから」です。あなたと親友はたとえ離れようが、会えなくなろうが、大丈夫です。将来ふたりが何カ月ぶりか、あるいは何年ぶりかに再会したとき、ぼくのこの話の意味がよくわかるでしょう。もう一度言います。あなたと親友は大丈夫です。会って二秒であのころに戻れる。

寂しいのにうれしいという感情に包まれているのだけれど、これが人の幸せを願うということなのかもしれない。

いわゆる推しの熱愛発覚や結婚報告を受けて失望している人を見かけると気の毒になります。ショックで仕事や学校を休む人もいますし、怒りに打ち震えてSNS上で毒を吐く人も。どこか裏切られたという気持ちになるのかもしれませんね。

一方で悲しみをこらえて「推しの幸せが自分の幸せ」と理解を示す人たちもいます。すばらしい考えです。ぼくもだれかを応援するときはそんな姿勢でいたい。しかしある女優さんのご結婚が発表になったときは難しかった。十年以上も前から応援してきた人でした。それほど長きにわたって好きでいられた人はほかにおらず、ぼくにとっては特別どころか唯一とも言える存在だったのです。

動揺しました。別につきあっていたわけでもあるまいし、ばかみたいに思われるかもしれませんが、遠くへ行ってしまうような感覚に陥って寂しかった。時間の経過とともに「寂しい」は「寂しいのにうれしい」へと変化していきました。これが人の幸せを願うということなのかもしれないと思いました。それが難しいときというのは、きっと時間が必要なときなのでしょうね。

仕事でご一緒した日のことが昨日のように思い出されます。ずっと応援したい人。ずっと好きな人。

その人のことが好きかどうかわからなくなったときは、その人といるときの自分が好きかどうかで考えてみればいいと思う。

つきあいが長くなれば関係を疑問に思うような場面が訪れることもあるでしょう。寝ても覚めても好きな人のことで頭がいっぱいだったころが遠い昔のよう。あの熱はいったいどこへ消えたのか――そう考えると悲しくなってしまいますよね。

だれかへの気持ちがわからなくなったときは、その人といるときの自分の姿を見つめてみるのがよいと思っています。これは恋愛関係に限らず友人知人でもそう。その人といるときの自分が好きだと思えるのなら、たとえ少しくらいけんかをしても折り合いをつけながらうまくやっていけるはずです。

しかし好きだと思えないのなら。ぼくにも経験があります。たとえばその人といると怒りっぽくなってしまうだとか、自分の意見ばかりを押し通そうとしてしまうだとか。人にされたらいやなことを自分がしてしまっていて自己嫌悪に陥ります。いや、陥るうちは反省ができてまだよいのですが、しまいには「怒らせる相手が悪い」などとかたくなになったり。最悪です。こうなるともう実質関係は破綻していますよね。

ふたりがこれからも一緒にいるのがよいのか、相手をよく見て、自分をよく見つめて、考えてみてください。

一緒にいてとても楽しかったふたりが次の約束も
しないまま別れていいわけがない。

まだつきあってもいないふたりが一緒に時間を過ごしてとても楽しかったのだとしたら、それってものすごいことです。もしかすると運命の出会いなのかも。奇跡のふたりなのかも。だから次に会う約束を必ずしてください。この先のふたりの恋の行方をあなたたち自身でたしかめてください。約束するまでここを通しません。どうしても通りたければぼくを倒してから行ってください（だれなん？）。

大切なのはとても楽しかったことをきちんと言葉にして伝えることです。そうすることで次の約束をするハードルがぐっと下がりますから。誘う側というのは相手が楽しんでくれているかどうかを非常に気にしています。たとえ自分が楽しくとも相手がそう見えなければ次の約束まではなかなか至りません。気にせずぐいぐいいけるのは一部の自信過剰マンか空気が読めないマンだけなのです。

ふたりの「とても楽しかった」が偶然などではなくて、次もその次も、ずっとずっと続けばいいですよね。そしていつか、いちばん大事な約束をする日が来てほしい。

「夏が終わるね」と言いあえる人がいたら、別に終わってもいいかと思える。

ある年の八月下旬、カップルに人気だという商業施設へ恋人と遊びに行きました。そこは海辺に建てられていて、水平線に沈む夕日が敷地内から眺められるとのことでした。たしかに日没時刻近くになるとそこら中がカップルであふれ返った。ぼくたちは幸運にも特等席のようなベンチに座ることができ、談笑しながらそのときを待ちました。

恋人とはその年の春に知りあい、ふたりで迎えるはじめての夏でした。記録的な猛暑に加え、ぼくも彼女もどちらかと言えばインドア派だったということもあり、夏らしい遊びはあまりしていなかったのですが、ふと「海が見たいね」となってここへやって来ました。八月って、不思議ですよね。なにかしなきゃと思えてくる。

ぼくたちを含めかなりの数の観衆がいましたが、ときどきスマホのシャッター音がするものの、夕日が水平線に近づくにつれしんとしていきました。そんななか彼女がぼくにだけ聞こえるくらいの声で「夏が終わるね」と言い、手をつないできました。ぼくは「終わるね」と返したあと、別に終わってもいいと思った。

「あの人ってやさしかったんだな」みたいなの、気がつくころにはもう戻れなくて本当にあれ。

世の中には失ってからわかるようなことがありますが、もしも失う前にわかることができれば失わずに済んだのにと思ってしまいます。まあ、実際にはそんなことかないませんが。経験しなければ「身に染みる」は得られませんよね。

ぼくの場合、恋愛にまつわることで言えば「やさしかった元恋人」は失ってからわかったことのひとつです。ほかに好きな人ができてしまい別れることになったのですが、どれだけやさしい人だったのかがあとから身に染みてわかりました。

それはつまり「どれだけ愛されていたか」ということでもあります。ごめんねと思った。人の好意に慣れきって、それをさも当たり前であるかのように受け取っていたのです。

あとから気がついてももう戻ることはできない——ちょうどいいと思っています。そういう人間が受ける罰としては。もう二度と失わなくて済むように。

贈り物をしたとき「うれしい」や「ありがとう」のほかに「大事にする」だなんて言う人がいるでしょう。その人こそが大事にするべき人なんだよ。

人に贈り物をするのが好きです。学生のころは家族や恋人や特に親しい友人にしか贈っていませんでしたが、社会人になって残らない物（飲食物や花、使い捨ての物等）を贈ることの楽しさを覚えてからは範囲や頻度がぐっと増していきました。

残る物には少なからずメッセージがありますし、迷惑になってもいけませんから、親しい人以外へ贈るときは慎重になることをおすすめしますが、その点、残らない物は気軽でいいですね。そう、あいさつだと思ってください。人からあいさつされると悪くないじゃないですか。

いくら好きだといってもだれにでも贈りたいわけではありません。物を買うには当然お金がかかりますし、よい物を選ぼうとすればそれだけ時間もかかりますから。人を見て、相手を選んでやっていることです。

そんななかでも無性にまた贈りたくなってくるような人がいます。それは、喜んでくれる人です。この先どのような時代が訪れ、どのような価値観が生まれようとも、喜んでくれる人のかわいらしさが変わることはないでしょう。

なにかの拍子にもう会えない人のことを思い出すときがあるじゃないですか。たとえば金木犀の匂いなんかがそうなんですけど。「元気かな」だとか「幸せになっていてほしい」だとか思うじゃないですか。

元恋人や疎遠になった友人、一時期お世話になった人など、会えなくなったいまでもふと思い出すことがあります。記憶というものにはつくづく感心させられます。たとえどれだけ奥にしまってあるものでも、なにかあればすっといちばん手前に出てくるのですから。

それは人によってさまざまでしょうが、匂いや音楽は欠かせませんよね。季節、味、似ている人、街、風景などもそうでしょうか。夢に出る、もそうかもしれません。ぼくは元恋人の夢を見ることがあるのですが、あるとき夢占いで検索してみると「元彼氏・彼女が夢に出てくるケースのほとんどは自分がふられた側のとき」とありました。なんなん夢占い。

祖母の夢も見ます。よく面倒を見てもらいました。大のおばあちゃん子でした。母の話では祖母が亡くなった日は極寒の大雪だったらしいのですが、お通夜とお葬式の日には嘘のようなぽかぽか陽気に。それをお坊さんに話すと「生前多くの人を笑顔にした人には、そういうことがよく起こります」と返ってきたそう。

もう会えない人たち。けれどこっそり会っています。ときどきこうして。

OLYMPUS

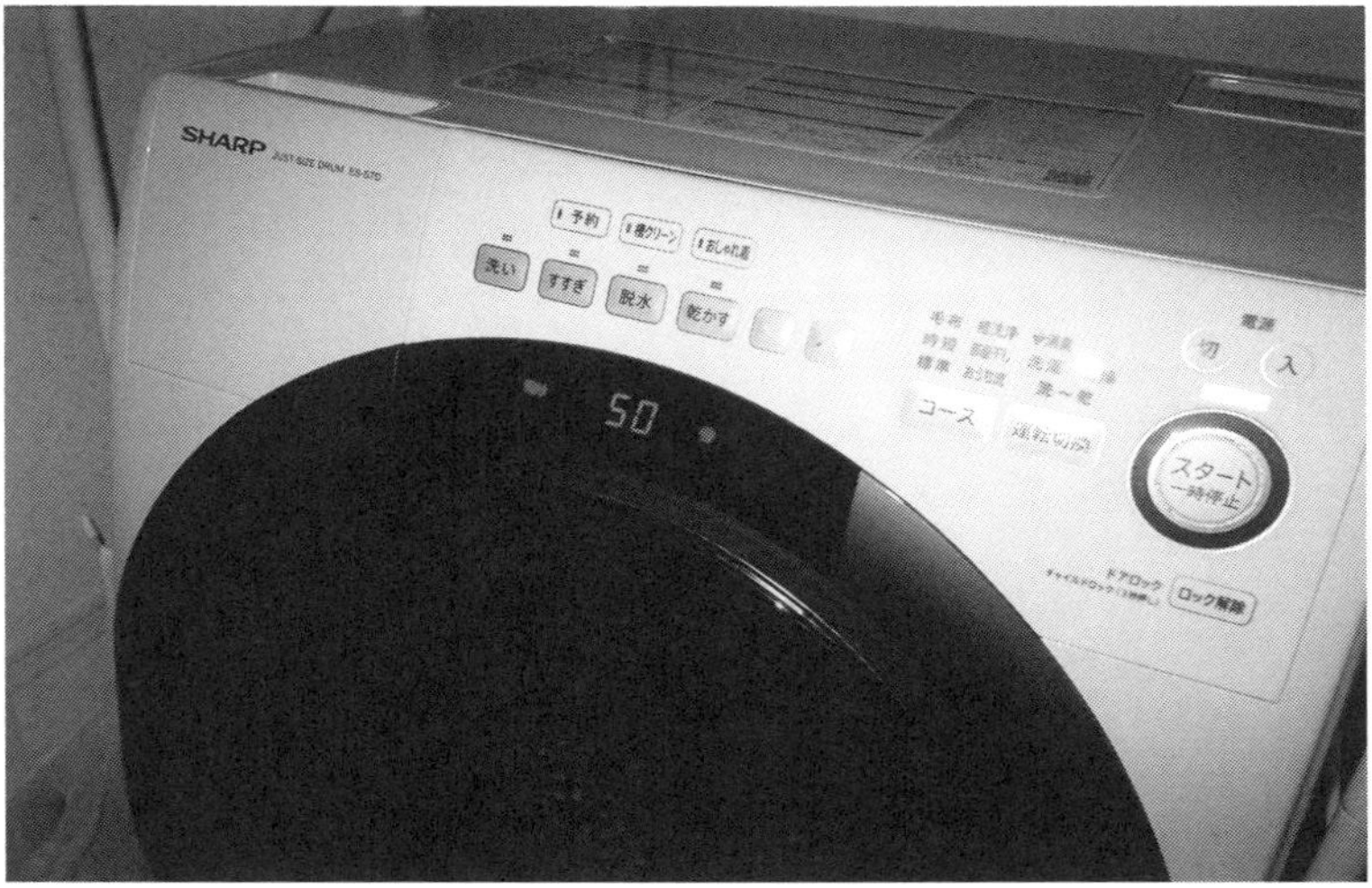
SHARP
予約
洗い
すすぎ
脱水
乾かす
50
コース
スタート
一時停止
切
入
ロック解除

VITA
MIN

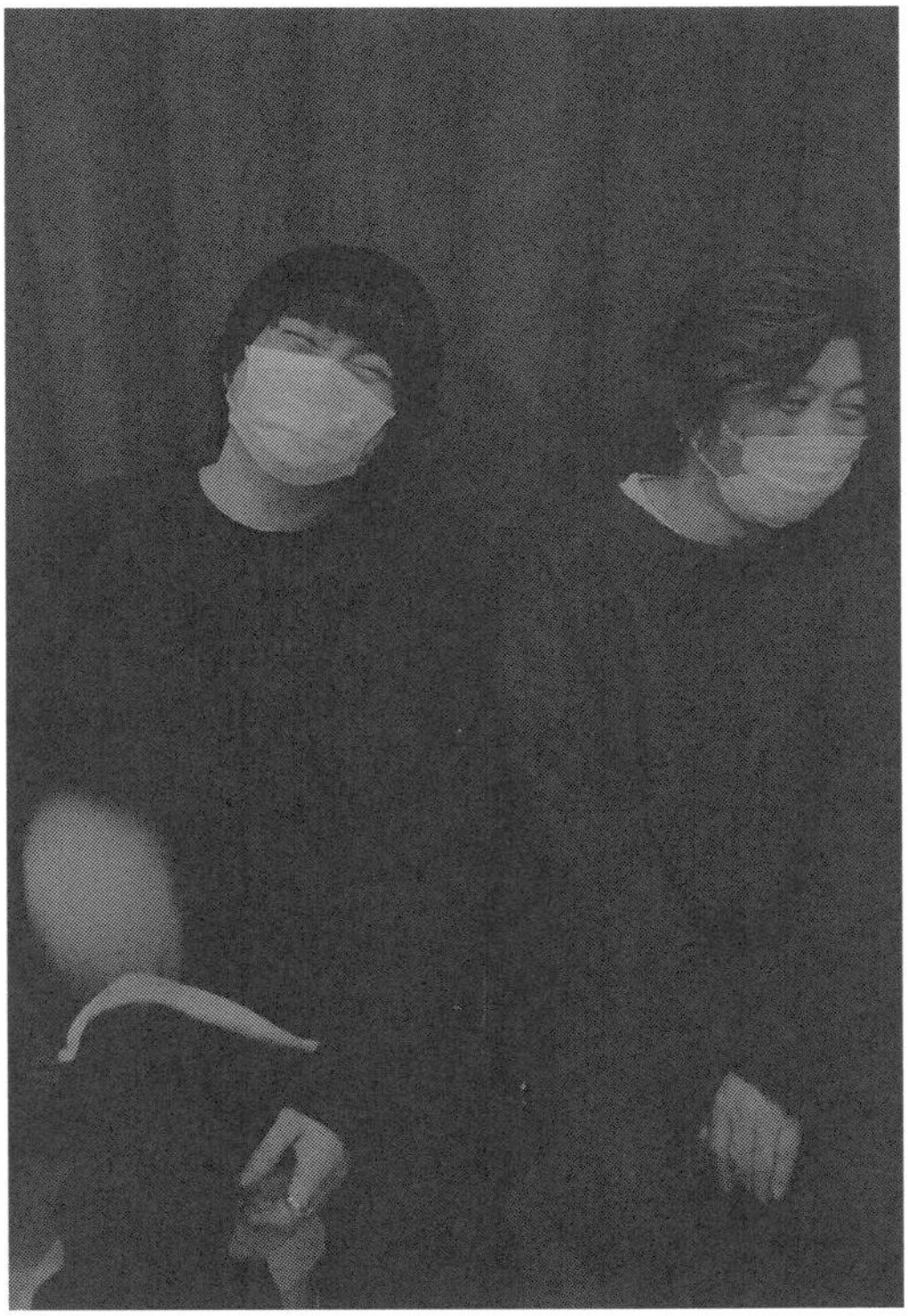

業
中
ラーメン
490円
450円
580円
530円
チャーシューメン
730円
タンメン
550円
ラーメン
630円
マーボーラーメン
680円
720円
ラーメン
720円
チャーハン
500円
750円
750円
ギョウザ
240円

だれかといるときの自分って、よく笑うんだな。

Chapter 3

生きるということ

── 夜ふかしが楽しいのは今日が終わらないから。

「ね、なんかいい話して」「ある晴れた夏のような日、冷えたビールと焼きたての餃子がありました」
「いい」

あるときつきあっていた人は「なんかいい話して」「なんか面白い話して」などとよく無茶ぶりしてくる人で困らされていました。もしも似たようなことをしている人がいるのならそれは暴力ですのでいますぐやめてください。そのうち周りからだれもいなくなります。

しかし彼女がそんなことを言いはじめたのにはきっかけがありました。仕事や家庭のことで心労が重なって大変だった時期、会うたびよく話を聞いてあげていたのですが、気を使った彼女が話題を変えようと「ね、なんか明るい話しようよ」と言ったのです。健気《けなげ》に思えました。そこでぼくは「これから、彼氏のおごりで焼肉」と言いました。彼女はぼくの肩をたたいてげらげら笑いました。そして「明るくなった。ありがとう」と言った。少し涙ぐんでいるようにも見えました。

ある晴れた夏のような日の冷えたビールと焼きたての餃子は彼女のおごりでした。ふたりで十人前いこうと言っていたのに全然無理でした。笑いの絶えないいい日でした。いい話でした。ゲームみたいに今日をセーブしておきたかった。

子どもってなんであんなにすぐ泣くんだろうなと思ったけれど、見せないように努めているだけで、じつは大人もすぐ泣くから問題はなかった。

甥《おい》っ子や姪《めい》っ子がいるのですが、子どもって驚くほどすぐに泣きます。お子さんがいらっしゃるご家庭では日常茶飯事でしょうが、あまり慣れていない身としては「え、なんで？　いまので？　すぐ泣くやん！」となってしまいます。自分も昔はこうだったのかと思うといまさらながら親に申し訳なくなる。その節はなにかにつけてすぐに泣き出してしまい大変ご迷惑をおかけしました。

しかしそんな子どもたちの姿を見ていると、ある意味うらやましくもなります。おなかがすくと泣く、疲れると泣く、いやなことがあると泣く、怒ると泣く。負の感情になるたびぼろぼろに泣いて、そしてすやっと眠ったりしているのです。ぼくたち大人もあんなふうにできたらなと思う。おなかがすいて泣くのはちょっと考えにくいですが、疲れた日、いやなことがあった日、怒った日などはよさそうですよね。すっきりしてリフレッシュできそうです。

ぼくたちは人前で涙を見せないように努めているだけで、我慢しているだけで、泣きたい気持ちがないわけではありません。むしろ多くのものを抱えている。じつは「泣いてもいいよ」のひとことで泣けるくらいには。

よく聴いていたころのことがたとえ何年経っても
鮮明に甦るので、音楽はずるい。

アーティストのライブ映像を観ていると、観客で泣いてしまっている人が映ることがあるじゃないですか。もちろん演奏がよくて感動しているのだと思うのですが、特にラブソングや失恋ソングのときに多い印象があります。

訊いてみたいです。いつのことを、だれのことを思い出して泣いていたのですか、と。また泣いてしまうかもしれませんが。

だれかと一緒にいたころによく聴いた曲は、自分たちの曲、自分たちのものになりますよね。聴けば当時の映像までもが脳内で再生されます。不思議なのはそれが何年経っても鮮明なままだということ。音楽はずるいですよ。当のぼくたちは一年に一度きっちり歳を取っていくというのに。

次の「自分たちの曲」はどんな曲になるのでしょうね。そして一緒にいる人はだれになるのでしょうね。これから出会う人なのか、もうすでに出会っている人なのか。

いいときってなにもしなくてもいいままだったりするし、だめなときってなにをしてもだめなままだったりするし、「なにもしない」がいちばんじゃないかと思ってしまう。

サッカー観戦が趣味です。なかでもヨーロッパのサッカーが好きで、仮眠を取りながら深夜の中継を追っています。

サッカー界の格言に「Never change a winning team.」というものがあります。勝っているチームはいじるなという教え。たしかに好調なときはなにもいじる必要がありませんよね。現状維持することが最高の一手なのですから。

難しいのは調子を落としたときです。一度負のサイクルに陥るとしばらくのあいだはなにをやってもだめで、どのような優秀な監督やチームでも上向くまでに時間がかかっている印象があります。

ぼくにも仕事上なにをやってもだめな時期が定期的に訪れます。それならなにもせず、やり過ごして待つしかありません。しかしなにかしていなければもっとだめになりそうで怖くなるのです。人間って、面倒ですよね。そこでぼくが行なっているのが「直接関係のないことをしながら待つ」です。

たとえばこの隙に大掃除をして気持ちがよくなっておく。この隙に体を動かしてタフになっておく。この隙に気になっていた作品を消化して感化されておく。この隙に会いたい人たちと会ってうれしくなっておく。

うれしい連絡は朝に届くとよりうれしい。

現代人が朝目を覚まして最初にやることはスマホを見ることだそうです。ぼくはスマホのアラームを止めるついでになにかしら連絡が届いていないかの確認をします。鼻が画面につくくらいの距離で（暗がりで眼鏡が見つけられない）。

うれしい連絡はいつ届いてもうれしいですが、特に朝届くとより響いてうきうき感が増すように感じています。その日をポジティブな気持ちではじめられることもそうですし、もしもネガティブなことが起こったとしても「でも、うれしいことがあったし」とすぐに切り替えられることも大きい。

そもそもうれしい連絡って、どんなものでしょう。ぼくの場合は仕事上のそれ（依頼や著書の重版決定の連絡等）が午前中に届くことはほぼありませんので、あるとすればプライベート上のものです。

恋人がいるときは「おはよう」がもっとも早く届くうれしい連絡かもしれませんね。つきあいはじめたころは毎日違う内容が届いてにやにやしていましたが、そのうち「おはよう」のひとことだけになります。なんなら「ねむすぎ」とかのときもある。いやそれあいさつちゃう。けれどお守りにはなっている。

日曜に「日曜っぽい」と思うのが好き。

ぼくの日曜のもっとも古い記憶は幼稚園のころ、朝起きて母に「今日幼稚園ある？」と訊いていたことです。曜日がまだよくわかっていませんでした。「今日はお休み」と返ってくると、友だちに会えない寂しさとのんびりできるうれしさが入り交じった複雑な気持ちになっていました。

日曜のことが好きですが、日曜に「日曜っぽい」と思うこともまた好きです。日曜らしい風景やできごとに遭遇したときや、自分自身が日曜らしい行動を取ったときにそう思います。無駄に過ごしてあっという間に終わってしまう日曜もあるじゃないですか。だから「日曜っぽい」と思うことは「日曜を楽しめている」ということでもあって、きっと満足度が高まるのだと思います。

社会人になってからの「日曜っぽい」は恋人とのできごとのイメージが大きいかもしれません。お泊まり明けなら、寝起きで格好も気にせず行く朝マックだとか。ほぼすっぴんの恋人が「わたしハッシュポテト好き」などと言いながら食べる姿に「日曜っぽい」と。好き。

忘れたくないことが増えていったら、忘れたいことを忘れられそう。

だれにでも忘れたいことくらいあるでしょうが、割とすぐに忘れてしまえる人と、いつまで経ってもなかなか忘れられない人の差はいったいどこにあるのでしょうね。

ぼくがこれまでに見てきた人たちのことで言えば、割とすぐに忘れてしまえるという人は、なにかに没頭する時間を持っているように思います。趣味でも、勉強でも、人づきあいでも、なにか自分がこれだと思っていることに一定の時間を継続して割いているのです。好きなことで適度に忙しい状態。

もしも好きなことが増えていったら、忘れたくないことが増えていったら、忘れたいことを頭のなかから追い出せそう。オセロの白で黒をひっくり返していくようにポジティブでネガティブを追いやれそう。理想的な忘れ方だと思いませんか。なにより楽しそうです。

もしも自分がなにかに没頭するとしたら、それってなんでしょう。ぜひ一度考えてみてください。そう、忘れたいことを思い出してしまったときにでも。

いいか悪いかで考えてもよくわからないときは、
好きかきらいかで考えたい。

人には自分がどう行動すればよいのかわからなくなるときがあります。子どもはもちろん大人でもそうです。そう珍しいことだとも思いませんし、恥ずかしいことでもありません。ぼくもしょっちゅう頭を悩ませています。

なにかを決めるときに迷いが生じるのは失敗を恐れて慎重になるからでしょう。たとえ失敗したとしてもノーリスクですぐにやり直せるのなら、どれだけ優柔不断であってもあっさりと決めてしまえるはずですから。

ぼくは行動や選択に迷ったとき、「いいか悪いか」で考えてもわからないときには、「好きかきらいか」でも考えるようにしています。どうすればよいのかわからなくなることはあっても、好きな食べ物がわからなくなることはありませんよね。

もしもなにかで迷うようなことがあれば、好きかきらいかで考えてみてください。きっとあなたの背中を押してくれるはずです。勇気を与えてくれるはずです。だって、「好き」はぼくたちが思っているよりも強いですから。

新しいことをはじめるのって、ちょっと寂しいとき
くらいのほうがよかったりする。

写真家のぼくが文筆業をはじめたのは著書『僕の隣で勝手に幸せになってください』（KADOKAWA）を刊行したことがきっかけです。「言葉集＋エッセイ＋写真」というつくりの単行本で、おかげさまでベストセラーに。

この本のメインコンテンツは「言葉」なのですが、その大半はぼくがSNS（旧Twitter）上で綴ってきたものに加筆修正を施したものです。こつこつと続けてきたSNS上での活動がなければ出版に至ることもなかったかもしれません。

ぼくがSNSをはじめたきっかけは大失恋したことでした。前兆もなく突然別れを告げられ、恥ずかしながらとても長いあいだ引きずっていました。しかしこのままではいけない、なにか新しいことに目を向けようと思いはじめ、そこではじめたのが当時まだ人口の少なかったTwitterだったのです。そして数年後、それが担当の編集者さんの目に留まり――。

新しいことをはじめられるときというのは、心が満ち足りているときのように思っていました。しかしそうでもないのかも。経験者として伝えておきます。「寂しい」は案外、力になる。人を突き動かす力に。

ドライヤーしたあとの匂いが好き。

男性は女性と比べて短髪の人が多いので、お風呂あがりにドライヤーをしないことも珍しくはありません。ぼくも面倒なときはそうしていたのですが、洗濯物を濡《ぬ》れたまま放っておくと雑菌が発生して生乾き臭がしてしまうように、濡れたままの髪と頭皮にも似たようなことが起こっているという話を聞いて以来、なにがなんでも乾かすようになりました。なんなん雑菌。

ドライヤーといえば女性は恋人に髪を乾かしてもらうことが好きな印象があります。髪が長いとその分手間ですし、やってもらえて単純に楽なのでしょうが、それだけじゃない気がしています。喜んでいるというか、機嫌がよくなるというか。もしかすると「恋人の髪を乾かす」はふたりが長続きする秘訣になり得るかもしれませんね。

自慢ではありませんが、これまで数えきれないほど恋人の髪を乾かしてきました。もしもその日本代表チームをつくるのなら最終候補に残る自信があります（そんな代表はない）。ぼくが恋人の髪を乾かすのは、喜んでもらえることもそうですが、なによりドライヤーしたあとの匂いが好きだからです。お風呂あがりと相まって、一日のなかでいちばんいい匂いになっている好きな人のことが、好きだからです。

「頑張ったね」と言われて泣きそうになるの、頑張ったからだ。

いま頑張っている人たちのなにか励みになればと、周囲のさまざまな年代の人たちに「あのときは頑張った」と思えるのはどんなときかを訊いて回ってみました。

学生時代のことだと、部活、勉強（受験）、就活などがよく挙がっていました。社会人になってからのことだと、一年目、ノルマ達成、プロジェクトを任された、転職、昇進などが。プライベートのことだと、資格取得、習い事、体を鍛える、推し活、恋愛、婚活、出産、子育て、などが。

ほかにもたくさんの答えが返ってきて興味深かったです。なにより当時を振り返りながら語るそれぞれの姿がとてもよかった。目が輝いていて、口数が多くて、笑顔も多くて、身振り手振りが大きい。なにかを頑張ったことがある人というのは、そうやっていつでもそのときに戻れるのですね。

人って、思いが大きければ大きいほど胸がつかえて、言葉よりも先に涙が出る生き物だと思うのです。だから褒められたり、いたわられたり、報われたりして泣いている人がいると、大変だったねって。よかったねって。頑張ったねって。

人は、秋の気配を感じる青空の朝にフジファブリック「若者のすべて」を聴くと泣く。

フジファブリックの代表曲「若者のすべて」を聴いたことがありますか。大好きな曲です。名曲は時代を超えて愛されると言いますが、この曲も間違いなくそのひとつでしょう。カラオケはもちろんさまざまなアーティストにもカバーされるなど広く歌い継がれています。そう、高校の音楽の教科書にも掲載されたのだとか。選曲した人たちに拍手を送りたいです。子どもたちが合唱する姿を想像するだけで胸に迫るものがある。

この曲の魅力は「聴けばわかります」に尽きるのですが、あえていくつか挙げるとするなら、印象的なイントロと歌のメロディー、そして夏の終わりを惜しむ歌詞です。それらが相まって多くの人の心をつかんでいるわけですが、ぼくが聴きはじめたのは恋人がきっかけでした。料理をしながら鼻歌を歌っていた恋人に「それなんの曲？」と訊くと、すぐに流して聴かせてくれたのです。それ以来よく一緒に聴いたり歌ったりしていました。

歌は思い出を連れてきます。いつかのだれかを連れてきます。人は、秋の気配を感じる青空の朝にフジファブリック「若者のすべて」を聴くと泣く。

人にやさしくしてあげられないときって、自分に
やさしくしてあげないといけないときだ。

人にやさしくしてあげられないときは、自分にやさしくしてあげないといけないときです。人に与えていた「やさしい」をまるまる自分に回してください。

たとえばぼくの「やさしい」のひとつは、人と会うとき手土産に人気のデパ地下スイーツを持参することだったりするので、自分のためだけに人気のデパ地下スイーツを買って帰るのもいいかもしれません。

友人や恋人にやさしくするみたいに自分にもそうできたらなと思います。親孝行するみたいに自分孝行ができたらなと思います。人になにかしてあげるときって、どうすればこの人が喜んでくれるかを考えているはずです。だから同じように考えてみましょうか。自分になにをしてあげたら自分が喜んでくれるのかを。

もしも自分で自分にやさしくすることを覚えられたら、それが上手になれたら、どれだけ強くなれるでしょう。疲れても、傷ついても、再生する。たくましくてかっこいいです。自分が自分じゃないみたいで笑ってしまいます。そして人にやさしくできそう。

お風呂、早めに入ると「おれはもうお風呂を済ませている」などと強気になれて、寝るまでの時間が輝き出す。

われわれ人類は長きにわたって「お風呂面倒問題」に頭を悩まされてきました。日々どれだけ多くの者がこれに立ち向かい、そして敗れていることでしょう。想像しただけで胸が張り裂けそうです。

この問題は満員電車の解消や花粉症の根絶などにも匹敵するほどの重要なテーマです。しかしいまだ国は動こうとしていません。全自動入浴機です、一刻も早く全自動入浴機を普及させるのです。そうすれば「はよお風呂入り！」と叱られることもなくなりますし、明日の朝入ればいっかマンもどこかへ行きます。

あるとき、帰宅して珍しくお風呂に直行できたことがありました。考えごとをしていて面倒さを感じる余裕がなかったのがたまたま奏功しただけなのですが。出たあとに「まだこんな時間⁉」とわくわくした。やりたいことがたくさんある人、時間が足りないと感じている人ほど早めにお風呂に入ることですよね。

なにより「おれはもうお風呂を済ませているんだぞ」という無敵感がメンタルにも効きます。ぼくたちはもともと能力はあるはずです。やればきっとできるはずです。強気にさえなれたら。

疲れた日はハーゲンダッツのほうから買い物かごに入ってくる。

ぼくが原因で恋人とけんかになったとき、お中元で贈るようなハーゲンダッツ十個入りのギフトセットを届けたら許してもらえたことがありました。あれだけぷりぷりしていた人が天使の笑顔に。「やばい」ばかり言っていてかわいかった。

贈り物としても大変すばらしいハーゲンダッツですが、自分用としてもよくお世話になっています。疲れた日の帰りにスーパーやコンビニに寄ると、ハーゲンダッツのほうから買い物かごに入ってきます。さすがは人気の高級アイス、人に寄り添うことのなんたるかをよく心得ています。逆にハーゲンダッツが買い物かごに入ってきたことで「そうか、今日のおれ、疲れてたのか」と気がつけることもあります。こんなさりげなくやさしい恋人がほしい。ふたりで溶けるような恋をしよう。

心身の疲れを当たり前に思ってはいけません。できるだけ明日へ持ち越さないように努めること。いつもよりゆっくりお風呂に入ったり、丁寧にストレッチをしたりして自分を癒やしてあげましょう。そして仕上げはハーゲンダッツです。口に入れた瞬間に思わず「ありがとう」とひとりごとが漏れます。きみがいてくれて本当によかった。

「これから」って、好き。失敗も後悔も糧になるおまじない。

ぼくは人からポジティブな性格に見られることが多いのですが、根っからのそれではありません。むしろうじうじしていることも多々あり、それを切り替える意味でもポジティブであることを心がけるようにしています。

その作業のなかで重要になるのが「過去と現在と未来」です。これをどう捉えるかで切り替えが簡単になったり、難しくなったりします。まずぼくたちは「未来」を変えられます。だから泣きたくなるような「過去」があっても大丈夫です。しかし覚えておかなければならないのが、未来を変えるのは未来の自分ではなく、「現在」の自分なのだということ。

「禍を転じて福と為す」ということわざが好きです。だれにでも当てはまる、後ろ向きを前向きに変える希望に満ちた言葉です。それをよりシンプルにしたのが「これから」。現在と未来のことを指しています。失敗も後悔も糧になるおまじない。うじうじしたときは唱えてみてください。

さて、ぼくはこれからです。きっとあなたもそうなのでしょう。反撃の狼煙《のろし》は上げておきました。やってやろう。

だれかの好きなものや好きな人を否定しなくても、自分の好きなものや好きな人の話はできます。

悪気はなくともついやってしまいがちなのが、なにかを否定することで別のなにかを肯定することです。自分が肯定したいものがあるのなら単にそれを持ち上げるだけでよいというのに、話に熱が入るときほどやってしまいがちですよね。あの言い方はなかったなと、あとから自己嫌悪に陥ります。なんなん話に熱が入るとき。

人と人の比較になるとさらによくありません。賞レースの審査員でもあるまいし、だれかを褒めるときに別のだれかを貶《けな》さないこと。仮に自分が褒められていたとしても喜びづらいです。今後は「きみはえらい！」「きみはすごい！」のようにシンプルに褒めていただけますと幸いです。

そういえば、あるときつきあっていた人に「いちばん好き」と言ったら「二番目がいるってこと？」と返ってきたことがありました。怖い顔をしていて慌てた。いちばん好きだと伝えたいときにぴったりな言葉があります。「大好き」です。愛は、なにかを引き合いに出さなくとも伝えられる。

幸せのほとんどは夢のようなものではなくって、当たり前が当たり前に続いていくことなんだよな。だからなかなか気がつけなかったりするのだけれど。

幸せには大きく分けて「苦労してやっとたどり着けるもの」と「ある日突然舞い降りるもの」のようなふたつのイメージがありました。前者は、結婚する、出産する、出世する、家を買う、などがそうです。後者は、宝くじに当選する、運命の人が迎えに来る、などでしょうか。人生最大の夢がかなったり、一生に一度あるかないかの幸運を手にしたりすること、それが幸せなのだと考えていました。だからまさか自分が幸せになっていたなどとは微塵《みじん》も思わなかった。

幸せは日常にもちりばめられています。それがだんだんわかってきたのは周囲の人たちの影響が大きかった。たとえば世の中には「おいしい」を幸せと表現する人たちがいます。それがありならごはんとみそ汁と納豆でぼくは幸せになれます。食後にはコーヒーを飲みながら「今日はいい日」などと思うことでしょう。

幸せと置き換えられる言葉や感情はほかにもまだたくさんあるはずです。これまで当たり前だと思っていたことのなかに幸せを見つけ、すくい上げて、大事にしていく。抱きしめていく。一度日常を見つめ直してみませんか。ぼくたちはすでに幸せになっているかもしれない。

「ここ最近のよくないこと、全部嘘でした。ごめんね」みたいな四月一日がいい。

日本で暮らしていると実感できる機会はそう多くありませんが、悲しいことに世界から戦争はまだなくなっていません。また大規模な災害も頻発しています。四月一日に世界中のテレビ局が「ここ最近のよくないこと、全部嘘《うそ》でした。ごめんね」とネタばらしをしないだろうか。そんなことを真面目に考えてしまいます。

嘘は人を欺《あざむ》くものですが、なかには「やさしい嘘」と呼ばれる人を守る嘘もあります。以下はぼくがそのうち実践するつもりのやさしい嘘の一部です。もしあれならどなたか先にやっておいていただいても構いません。

荷物で両手が塞がっている人に「ちょうど換気したかったので」と言い、ドアを開けてあげる。スーツケースを引きずって階段を昇る女性に「筋トレをしていまして」と言い、上まで持って行く。店員に間違われたときに満面の笑みで「少々お待ちくださいと言い、本当の店員にあとを託す。雨で立ち往生している人に「銭湯に行く途中でしたので」と言い、自らの傘を差し出す。親切にしてあげた人が恐縮していたので「回ってきただけですから」と言い、ペイ・フォワード（恩送り）を装う。

嘘でも本当でもなんでも、人の行いで世界がいまよりやさしくなりますように。

秋が寂しいのではない。寂しい人に秋が来たのだ。

秋の訪れにはなにかしら感じる人も多いのではないでしょうか。別にロマンチストじゃなくともたいていの人は浸れるものが好きですから。余韻でも、感傷でも。秋好きの人間に言わせると「秋は最強の季節」だそうです。食欲の秋、読書の秋、スポーツの秋、芸術の秋、行楽の秋など、たしかに楽しそうなことが満載ですよね。個人的にはおしゃれを楽しめることとさつまいもが好き。

おでんがもっとも売れるのも秋だそうです。真冬の寒さ厳しい時期かと思いきや、気温が下がりはじめたときにピークがやって来るのだとか。具は大根と厚揚げとこんにゃくが好き。

ぼくの秋の代名詞をひとつだけ挙げるとするなら「人恋しい」です。とにかく人に会いたくなる。久しぶりの人とも連絡を取ったり。そう、女性は元彼から連絡が来ると体目当てだと思うそうですよ。なんなん元彼からの連絡。

しかしよく考えてみれば春も夏も冬も人恋しかったです。好きな人たちに会いたくてたまらなかったです。なんだ、寂しい人に秋が来ただけ。寂しがり屋に秋が来ただけ。

ぼくはねこを飼ったことがないけれど、そのかわいさは知っています。昔、友人宅へ月に一度くらいのペースで遊びに行っていたころのことです。その家のねこは毎回ぼくを忘れていて警戒しまくるのだけれど、しばらくすると「なんや、おまえやったんか。撫でてええで」とぼくの膝に乗ってきました。かわいいでしょう。

ねこ好きですが飼ったことがありません。子どものころは家族がアレルギーだったり、現在はペット不可物件に住んでいたりして。仕方なく飼っている友人宅へ通ったり、動画を観たりというかたちでねこ活しています。ぼくのInstagramのおすすめ欄はねこ動画であふれ返っています。日々人のねこに助けられている。

写真家としてはポートレート専門のぼくですが、ねこ写真集を出してみたいという気持ちが年々高まっています。しかし屋外でねこに出会えない星のもとに生まれてしまったせいでまったく撮れない。出会える星のもとに生まれた人がうらやましくてなりません。彼らの出会える率には本当に驚かされます。

ぼくが過去もっとも通った友人宅のねこは十七歳で天国へ旅立ちました。人間に換算すると約八十四歳だとか。ねこ好きの家族に目いっぱいかわいがられた幸せな生涯だったはずです。いつもぼくのことを忘れていてかわいかった。しばらくすると思い出すのはもっと。

ペットと飼い主は天国で再会できるものなのでしょうか。もしもそうなら覚えていてほしいですよね。たとえ何年先になっても。だって、家族だったんですよ。

悲しいときに悲しい曲が聴きたくなるの、なんなんだろうと思う。でもあれ、そんなときは気持ちを言葉にすることも難しいから、代わりに全部言ってくれてありがとうみたいな。

悲しいときに悲しい曲が聴きたくなる現象があるじゃないですか。本来なら明るい曲を聴いて励ましてもらうのがよさそうなものですが、それでも悲しい曲が聴きたくなるのは気持ちを代弁してくれて共感するからですよね。

ぼくの著書は恋愛にまつわることを題材にしたものが多いのですが、あるときぼくのSNS宛にこんなメッセージが届きました。

——わたしは小学生でまだ彼氏ができたことがありません。だから蒼井さんの本を読んだとき、いつかわたしもこんな気持ちになるのかなと思いました。ふられて泣いたりするのはいやだけど、早く大きくなって恋がしてみたいです。そのときにもう一度蒼井さんの本を読みます。(※要約しました)

感想を送ってくれてありがとうね。かわいすぎて「あーん!」と声が出ました。いつかサイン会にも来てください。露骨に特別扱いをしますね。——蒼井より

音楽にはなかなか勝てる気がしませんが、それでも悲しいときにまた読み返したくなるような、悲しみに寄り添えるような文章が書けたらいいなと思います。人の役に立ちたい。

人は花を手にするだけで、いつでもだれでもきれいになれる。

恋人に贈っているうちに花が好きになりました。以前は自分ひとりで花屋さんに入ることが恥ずかしかったくらいのぼくですが、いまでは職場用に買って行ったりもしますし、気分を入れ替えたいような日は自宅用に買って帰ったりもします。花屋さんは一輪でも喜んで売ってくれますし、質問すればなんでも相談に乗ってくれます。

人は花を手にするだけで、いつでもだれでもきれいになれます。もしもきれいにしてあげたい人がいるのなら、主役にしてあげたい人がいるのなら、花はぴったりの贈り物です。これは自分用としてもそうですし、女性でも男性でもそうです。また撮影の小道具としてもおすすめ。被写体に数本の切り花を握らせるだけでぐっと雰囲気が出てすてきです。

最近、いつきれいになりましたか。そろそろなってみませんか。ぼくにはなんとなくわかるのです。あなたには花がよく似合う。

だれかのために買ったケーキを持って満員電車に乗るとするじゃないですか。押されても「これだけは」と必死で守るじゃないですか。ケーキはね、自分なんですよ。自分を大事にしてください。そんなふうに守ってやってください。

自動車が無人で公道を走ろうかというこの時代に、われわれ人類はいまだケーキを危険にさらしながら持ち運ぶことを余儀なくされています。

あるとき、電車で着席しているスーツ姿のおじさんが膝の上にホールケーキを載せていました。両手で取っ手を持ちながら背筋を伸ばして視線はまっすぐ。なんとも言えないかわいさがあります。

おじさんは人の動きがあるたびにケーキを守るような動きを見せていました。そしてよく見ると、膝の上に置かれているように思えたケーキは数センチ浮かせて持たれていたのです。自らの体温から守ろうとしていたのですね。やるやんケーキおじ。

あの日おじさんが必死で守って持ち帰ったケーキは、きれいでおいしいまま口に運ばれて人を笑顔にしたことでしょう。ぼくたちもそんなふうに自分のことを守ってやれたら、大事にしてやれたら、そのうち人を笑顔にできるかもしれない。

なんだかケーキを持ち帰りたくなってきました。帰りを待ってくれている人に「ケーキ、なにがいい？」と連絡したくなってきました。

夏はとても短いくせに、終わらないような気がしてくる日があって。

世の中には、はじめて聴いたのにどこか懐かしさを覚えるような曲があります。それと同じで、ある年の夏、まだ知りあって間もないのにずっと前から一緒にいたように思える人がいました。

「ね、わたしたちってさ、前世でも一緒にいたのかな？」

愛って、ひとりで語ると安っぽく聞こえてしまいがちじゃないですか。けれど応えてくれる人がいたら途端に成立して、むしろいい話になるんですよね。

「どうだろうね。でも、なくはないかも」

ぼくたちはお互いのことをまだよくわかっていなかったはずなのに、過去にはほとんど触れず、未来のことばかり語りあっていました。どこへ行きたいだとか、なにがしたいだとか、夏らしい遊びの約束をいくつもしました。毎日一緒にいてもこなせるかわからないくらいの。

夏はとても短いくせに、終わらないような気がしてくる日があって。

明るい人には「もともと明るい人」と「明るく見せている人」がいて、どちらのことも好きだよと言いたいのだけれど、後者にはいつもじゃなくていいよとも言いたい。ベッドに入るとき、部屋の明かりを消すみたいにさ。

明るい人には「もともと明るい人」と「明るく見せている人」がいるのではと思っています。ぼくは周囲から「もともと」と見られているのですが、しかし人と接する機会の半分くらいは「見せている」だったりします。

なんのためにそんなことをしているかというと、いちばんは「場の空気をよくするため」です。公私とも空気がよくなるとコミュニケーションが活発になり、いろいろなことがうまくいきやすくなる。その経験が身に染みついて、頭で考えるよりも先にやっている感覚があります。

望んでやっていることではありますが、「見せている」は疲れます。特に疲れた日には「こんなことをしてなんになるのだろう」「自分だけ気を使って損をしている」などと考えはじめます。ひとりで勝手に頑張って、疲れて、やめたくなっている。ばかですよね。

あなたのそばにいる明るい人は、じつはばかな人なのかもしれません。もしもそんな気がしたら声をかけてみてください。「無理しなくていいからね」と言ってあげてください。泣き出してしまうかもしれませんが。

寝る前に思ったことが必ず夢に出てくるとしたら、もうだれもいやなことを思い出したりしなくなるだろうし、好きな人や好きなもの、好きなごはんのことなんかで頭のなかをいっぱいにするよね。そしてよく眠れる。

ぼくの人生最大の挫折《ざせつ》は、長年にわたって追いかけていた夢がかなわなかったことです。心に穴が開いたどころではありませんでした。空っぽです、ゼロ。なんにもなくなってしまった。自分が自分じゃなくなったように思えて恐ろしかった。その気持ちは恥ずかしくてだれにも話せませんでした。「夢破れました」「負けました」と言えなかった。

そんなある日、知人に誘われて単発のアルバイトに行きました。商業施設の駐車場で誘導をする仕事。一日コンビを組んだおじさんはのちに雇用主である警備会社の社長さんだと判明するのですが、「がはは!」と豪快に笑う漫画のような人でした。

休憩時、おじさんはぼくを気遣ってかいろいろと話をしてくれました。前の会社を倒産させてしまったおじさんは苦労しながらもこつこつと再起を図り、ようやくいまの小さな警備会社をつくったのだとか。

「いいことだけを考えて。いいことしか待ってない」

その過程でよく唱えていた言葉だそうです。おじさんの強くてやさしくてまっすぐな目とともに、いまでも思い出せる言葉です。

次の約束があるだけで人生は最高。

約束は人が抱けるいちばん小さな希望です。ささいなことでも構いません。好きな人たちともっと約束を交わしていきましょう。そうすることでいつもより今日を頑張れたり、明日が来るのが楽しみになったりします。約束すごない？

約束を交わせる相手がいないときは自分と交わしましょう。ぼくのデスク周りにはいつも無数の付箋《ふせん》が貼ってあり、業務に関するタスクがメモされているのですが、なかには「タイトルだけで本を買う」「〇〇の大盛りたまごサンドを食べる」「小さいカメラを買って聖地巡礼に行く」のような私的なものもたくさんあります。ただし交わしたからには守ってくださいね。自分が相手だからといって破ってばかりいては自分がしらけてしまいます。

次の約束があるだけで、胸に希望を抱くだけで、人生は最高になります。なるほど、子どものころ周囲の大人たちから「将来なにになりたいの？」ばかり訊かれていたわけです。

最後に、ぼくとひとつ交わしませんか。人生はいろいろありますが、泣きやんだら笑顔を見せてください。約束です。

CAT

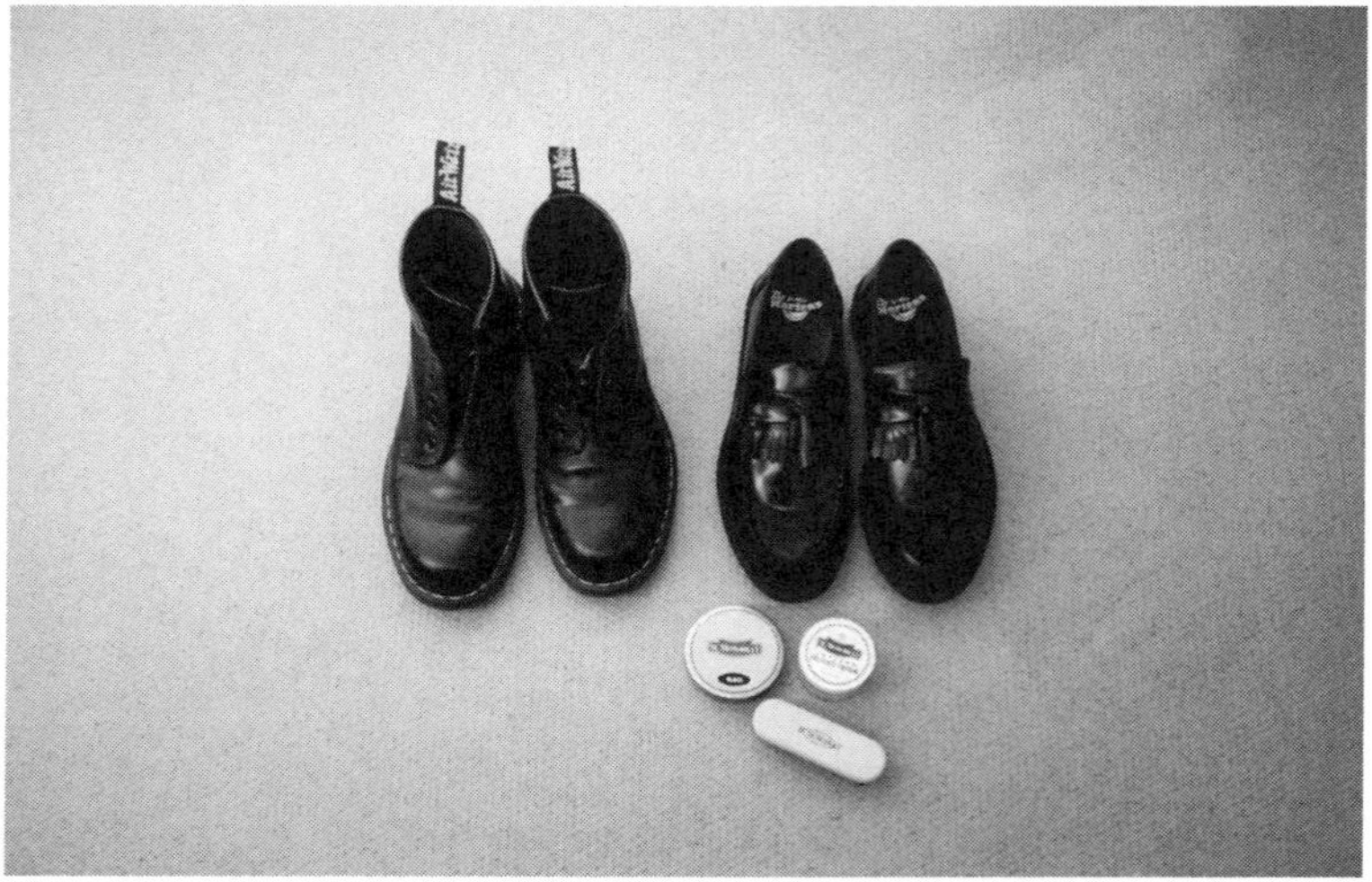

続きが気になるような日々を送る。

おわりに

ご存知かと思いますが、「エモい」の語源は「emotional（エモーショナル）」だとされています。心が大きく揺さぶられたとき、感情が高まったときなどに用いられる言葉です。

ささやかながら報告があります。トマトが苦手で食べられなかったぼくが、少し前に食べられるようになりました。なにか特別なことが起こったわけではなく、なんとなく食べてみたら悪くなかった。トマトは体にいいですから、食べられるなら食べたほうがいいと、サラダにミニトマトを添えるようになりました。そうするうち、ミニトマトがなければサラダじゃないと思えるくらいに当たり前のものに。

その流れでトマトジュースにも興味を持ちました。調べてみるとやはり体によさそう。早速ケースで注文しました。届いたそれを十分に冷やしてから飲んだとき、「えっ、うま」と思わず声が出ました。自分にはまったく必要のないものだと思っていたものが、こうして少しずつ日常へとなっていきました。

ぼくがトマトを食べられるようになっても、トマトジュースを飲めるようになっても、世界はなにひとつ変わりませんが、しかし本書のカバー用写真をセレクトしていたとき、「ああ、トマトが大丈夫になったんだな」としみじみ思ったのです。ぼくの胸をエモーショナルが通り抜けていきました。とても静かに。

文筆家・写真家として日々ものづくりに携わっています。そのポリシーのひとつとして、作品というものはリリースしたその日から作者の手をいい意味で離れ、迎え入れてくれる人たちのものへとなっていくのが理想だと考えています。本書が、ここに綴った文章が、顔も名前も知らない人たちのものになる。そして読後には彼らの心を励ますことができるかもしれない。想像しただけでも胸が熱くなります。

えっと、なんでしたっけ。こんなときの気持ちをたったの一秒で代弁してくれる、大変すばらしい言葉があったはずなのですが。

【著者プロフィール】
蒼井ブルー
大阪府生まれ。文筆家・写真家。2015年、エッセイ『僕の隣で勝手に幸せになってください』（KADOKAWA）でデビュー。たちまちベストセラーに。以降、書籍、雑誌コラム、広告コピーなど活躍の幅を広げている。ほかの著書に、『NAKUNA』『ピースフル権化』（以上、KADOKAWA）『君を読む』『もう会えないとわかってから』（以上、河出書房新社）『こんな日のきみには花が似合う』（NHK出版）などがある。

エモい言葉の日常

2024年10月 5日　　初版発行
2025年 7月18日　　4刷発行

著　者　蒼井ブルー
発行者　太田　宏
発行所　フォレスト出版株式会社
〒162-0824 東京都新宿区揚場町2-18 白宝ビル7F
電話　03-5229-5750（営業）
　　　03-5229-5757（編集）
URL　http://www.forestpub.co.jp

印刷・製本　中央精版印刷株式会社

ISBN978-4-86680-290-9　Printed in Japan
乱丁・落丁本はお取り替えいたします。

『エモい言葉の日常』

特別無料プレゼント

スマホ待ち受け画像ファイル

ここでしか手に入らない
貴重な一枚

【スマホ用】

蒼井ブルー撮り下ろし

待ち受け画像

著者・蒼井ブルー氏が本書のために撮影した日常の一枚を、特別にスマホの待ち受けサイズでご用意いたしました。ぜひ心に残った一枚をダウンロードしてご利用ください。

無料プレゼントはこちらからダウンロードしてください

https://frstp.jp/emoi

※無断転用・転載はご遠慮ください。
※特別プレゼントは Webで公開するものであり、小冊子・DVDなどをお送りするものではありません。
※上記無料プレゼントのご提供は予告なく終了となる場合がございます。あらかじめご了承ください。